Der Narrator

Bernd Strohmeyer

Der Narrator

Vom Traum zum Sein

Bibliografische Information der
Deutschen Nationalbibliothek:
Die Deutsche Nationalbibliothek verzeichnet diese
Publikation in der Deutschen Nationalbibliografie; de-
taillierte bibliografische Daten sind im Internet über
http://dnb.dnb.de abrufbar.

Herstellung und Verlag:
BoD – Books on Demand, Norderstedt

ISBN 978-3-7519-6866-9

Inhalt

Vorwort

Um das Fünfzigste Lebensjahr ziehen viele Menschen Bilanz: „Was habe ich erreicht? Wie angenehm oder beschwerlich war mein Leben? Welchen Sinn hat mein Dasein und welche Wünsche sollen noch in Erfüllung gehen?" Einige orientieren sich in dieser Lebensphase neu. Sie wechseln den Beruf, suchen eine neue Lebenspartnerin oder Lebenspartner oder bauen eine neue Existenz auf. Wer sich in diesem Entwicklungsprozess befindet, kommt an einer zentralen Frage nicht vorbei:

„Wer bin ich?"

Hier kommt der Narrator ins Spiel. Die Frage „wer man ist", kann nicht durch Nachdenken oder kluge Worte, sondern nur durch tatsächliche Erfahrungen, durch Spiegelungen unseres Bewusstseins beantwortet werden. Der Narrator hilft, entsprechende Erfahrungen zu machen, indem er Geschichten in uns und durch uns wahr werden lässt. Er ist Schöpfer und hilft in einem Schöpfungsakt unsere wahre Persönlichkeit und unseren eigentlichen Lebenssinn zu entdecken. Mit ihm können wir über bloße Existenz hinauswachsen und unser Sein begreifen.

Der Traum

Regen tropft im dunklen Wald von Blatt zu Blatt zu Boden. In der weichen Erde bilden die Tropfen kleine Krater, deren Ränder den Grenzverlauf zwischen Himmel und Erde verändern. Duft von moderndem Holz und nassem Laub füllt die Luft und lässt sie schwer werden. Die Geborgenheit des Waldes wird vom Regen an das Außen, an das Höhere erinnert, an das, was Dinge formt. In dieser Luft liegt eine besondere Stimmung.

Gibt es Stimmungen auch dann, wenn niemand da ist, der sie wahrnimmt?

„Ich bin", sagt eine Stimme, „auch, wenn mich keiner wahrnimmt und bezeugen kann. Ich bezeuge mich so, wie das Universum sich bezeugt. Das Universum ist Sein. Es existiert in sich selbst und erkennt seine Existenz durch sich selbst. Subjektivität, die sich selbst wahrnimmt, durch sich selbst wahr ist, durch sich selbst Form annimmt und sich selbst Form ist. Das Sein geht der Existenz voraus, und Gott ist Sein."

Ein Wesen schleppt sich auf den Platz im Wald. Es stöhnt und keucht: „Warum muss immer mir so etwas passieren? Was habe ich getan, dass ich so gestraft bin?" Die Stimmung des Waldes, die Stimmung der Geborgenheit wandeln sich in Schuld und Urteil. Entbehrung verpestet den Duft des Friedens. Regen erkaltet und Bäume verstummen.

„Was habe ich von mir gespalten, dass es so viel kann?", fragt sich die Stimme und beschließt zu prüfen, was „Es" ist. „Dieses Wesen kann Beziehungen zwischen den Formen erschaffen, lässt subjektive Deutung die Erde fluten und gibt dem Himmel Farben. Unsichtbarer Zauber im Gewand aus Subjektivität. Dem will ich begegnen, will es durchtönen und Resonanz erfahren."

„Wenn man Technik braucht, funktioniert sie nicht", murmelt Wilhelm angespannt. Er ist ein Mann in den sogenannten besten Jahren. Sein grau meliertes Haar lassen Reife und die braunen wachen Augen klaren Verstand erkennen. Die lange Kette kluger Entscheidungen, Fleiß, das stabile, unterstützende soziale Umfeld, physische und psychische Gesundheit bedingten ein wohlgeordnetes, erfolgreiches Leben. Doch nun scheinen sich ihm Bäume und Sträucher in den Weg zu stellen, während er auf sein Handy starrt. Das Gerät und damit auch die Navi-App sind komplett ausgefallen. Wohl vom Regen nass geworden, fragt er sich. Nun hat er keine Ahnung, wohin er gehen soll, wo er den Eingang in seine vertraute Welt finden kann.

Die Nacht bricht an, Äste schlagen ihm ins Gesicht, er stolpert über Wurzeln. Noch immer verzweifelt aufs Handy klopfend murmelt er, ohne seine Gedankenschleife wahrzunehmen, vor sich hin: „Mist, Mist, Mist, Mist!"

Das Gerät macht keinen Mucks und der Regen wird stärker. Trotz teurer Funktionskleidung ist er stellenweise durchnässt und friert. In der rasch zunehmenden Dunkelheit kann er den Boden unter den Füßen kaum noch erkennen und die Aussichten, im Wald übernachten zu müssen, machen ihm Angst. Wird er erfrieren? Wie viele Filme hat er bereits gesehen, in denen Menschen sich verirrten und erfroren sind? Von Müdigkeit überwältigt wachten sie nie mehr auf. „Quatsch! Alles Quatsch! Das geschah im Winter bei eisigen Temperaturen! Jetzt ist Frühling!" Sein Leib zittert trotzdem und er geht schneller.

Nach einer gefühlten Stunde Fußmarsch tauchen die schemenhaften Umrisse einer Höhle am Wegesrand auf. „Wenigsten ein trockenes Plätzchen", murmelt Wilhelm vor sich hin und stolpert dankbar darauf zu. Im Steilhang öffnet sich der Berg in der Größe und Form eines Zimmers. Wie tief das Loch in den Berg hineinreicht, bleibt im Dunkeln. Der Eingangsbereich ist von trockenen Zweigen und Ästen übersät, die er für ein Lagerfeuer sammelt. „Gott sei Dank bin ich Raucher und habe Feuer dabei", kommt ihm in den Sinn und er kramt hastig die Zigarettenschachtel aus der Jacke. Als er eine Zigarette aus der durchweichten Schachtel ziehen will, zerbröselt sie zwischen seinen klammen, ungeschickten Fingern. „Gut, dann doch erst ein Lagerfeuer!"

Die Äste brennen rasch und verbreiten heimelige Stimmung. Die Flammen tanzen wie liebe, munter flackernde Wesen, die ihm Gesellschaft leisten und seine Einsamkeit vertreiben wollen. Ihre Schatten huschen über die Höhlenwände und er bemüht sich, mit Blicken in das gähnende Schwarz des Berges vorzudringen. Die Öffnung erinnert ihn an den Schlund eines riesigen Tieres. „Die Pforte zur Unterwelt", assoziiert Wilhelm und ein Schauer läuft über seinen Rücken. Feuchtkalte, modrig riechende Luft entsteigt dem Höllenschlund und bestätigt seine Unterweltphantasie.

„Quatsch! Alles Quatsch!" Mit diesen Worten wischt er sein ungutes Gefühl beiseite. „Hier drinnen gibt es nur Fledermäuse und vielleicht einen Fuchs, aber nichts Gefährliches! Setz dich ans Feuer, vergiss deine Ängste, und morgen, wieder zu Hause, kannst du abenteuerliche Geschichten über kaputte Handys und gefährliche Höhlenmonster erzählen!", befiehlt er sich und hebt ein großes trockenes Blatt vom Boden auf. Dann setzt er sich ganz nah ans wärmende Feuer und breitet hoch konzentriert und mit sorgfältigen Bewegungen die Überreste der zerbröselten Zigarette auf dem Blatt aus. Als er fertig ist, fingert er vorsichtig die letzte, noch unversehrte Zigarette aus der Schachtel. Die ist ebenfalls durchweicht und muss getrocknet werden. Sanft und bedächtig legt er sie wie einen wertvollen Schatz zu den Tabakbröseln und schiebt das Ganze vorsichtig näher an die Flammen. Gebannt starrt er auf sein Werk und auf die Feuertänzer. Die Erwartung des Genusses der hoffentlich bald trockenen Zigarette lässt Freude in ihm aufkeimen. Vorfreude, die sich allmählich zu der gefühlten Gewissheit verdichtet, dass das Rauchen dieser Zigarette die Lösung all seiner Probleme sein wird. Eine verrückte, aber auch faszinierende Hoffnung, die ihn innerlich zum Lachen bringt.

Die Zeit verliert ihre Dauer, und Erinnerungen fluten seinen Verstand wie Wasser, das in einen Brunnenschacht sickert: „Wie konnte sie ihm das antun?" Der Gedanke lässt seinen Magen krampfen und Wut rast durch dunkle Kellergewölbe. Wut, die wie eine Giftschlange mit kaltem glitschigem kitzeln an seiner Wirbelsäule Richtung Lunge hochkriecht. Das Atmen wird schwerer, seine Lungen pressen sich zusammen und irgendetwas schnürt ihm den Hals zu. Susanne schrie, sie könne ihn nicht mehr ertragen und brauche eine Beziehungspause. Sie wolle ein paar Tage zu ihrer Freundin ziehen und Klarheit finden. Sie müsse ihr Leben neu sortieren! „Blöde Kuh! Was will die schon sortieren, so unordentlich wie die ist? Die soll froh sein, dass sie mich hat. Oder hat sie schon einen anderen? Hat sie mich betrogen? Will sie endgültig Schluss machen?"

Nach und nach entwickeln sich in Wilhelms Kopfkino immer dramatischere Szenarien. Verletzende Äußerungen von Susanne vermischen sich mit Kindheitserlebnissen. Alte Wunden, die ihm damals Mutter oder Freunde beigebracht haben, brechen auf und er schiebt all diesen Schmerz nun Susanne in die Schuhe. Sogar die Trauer und Verzweiflung seines Vaters, die er längst vergessen glaubte, kann er wieder spüren. Vaters Trauer über ihn, den „missratenen Sohn, der keinen Mumm in den Knochen hat". In seinem Kopf hört er ihn brüllen: „Setz dich endlich durch! Zeige ihr, wo der Hammer hängt! Warum bist du nur so ein Schlappschwanz?" Unwillkürlich kauert sich Wilhelm zusammen und hält die Hände schützend vors Gesicht, als ob er gleich Schläge erwarten würde. Es zieht ihn tiefer und tiefer in die vermeintlich längst überwundene Versagerrolle, bis sich Frust und Wut in Gewaltphantasien entladen. Phantasien, in denen er sich Macht und Respekt zurückholt. „Jetzt kommt der Terminator! Hasta la vista, baby! Wooooooooom!"

Seine Gedankenspiele werden jäh unterbrochen. Für den Bruchteil einer Sekunde fesselt ein helles Flackern im Schwarz der Höhle all seine Aufmerksamkeit. Ein Reflex des Feuers? Da wieder! Jetzt kann er deutlich ein tanzendes Licht im Höllenschlund erkennen. Es kommt näher. Ihm stockt der Atem, er springt auf und umklammert mit pochendem Herzen einen Stock neben der Feuerstelle. „Alles ist gut!", ruft eine Stimme. „Haben Sie keine Angst! Ich bin harmlos!"

So eine Behauptung einer fremden Stimme aus einer Höhle ist nicht gerade vertrauenserweckend, beruhigt ihn aber dennoch. Seltsam, Worte die Lügen sein können, die manchmal offensichtliche Lügen sind, wirken auf ihn besänftigend. Die Stimme beschließt, Wilhelms Erwartungen zu entsprechen und die Gestalt eines Menschen anzunehmen.

„Ich bin Brahma", sagt die Stimme, wohlwissend, dass ein Name ebenfalls eine beruhigende Wirkung auf Menschen hat. Im Schein des Feuers zeichnen sich Umrisse eines Mannes ab. Seine athletische Statur und die Art, wie er sich bewegt, erinnert Wilhelm an Arnold Schwarzenegger, als er noch jung war. Auf dem Kopf trägt die Gestalt einen Helm mit Stirnlampe. Brahma materialisiert Wilhelms Vorstellungen konkreter, während er näherkommt. Der Lichtkegel seiner Stirnlampe tanzt über den Platz und bleibt schließlich auf Wilhelms Gesicht haften. Wilhelm hält die Hand vor die Augen und ruft dem blendenden Licht unsicher zu: „Hallo! Ich bin Wilhelm! Wie kommen Sie denn hierher?"

Brahma, inzwischen beim Feuer angelangt, lacht, knipst die Stirnlampe aus und stellt sich in den flackernden Feuerschein, sodass sein Antlitz rot glüht. Er ist ein junger Mann, etwa fünfundzwanzig, kurze Haare, Dreitagebart, dunkle, stechende Augen und hat ein entspanntes Lächeln im Gesicht. „Ich wollte Sie nicht erschrecken. Ich bin Höhlenforscher und habe hier einen mir unbekannten Ausgang entdeckt. Als ich heute Mittag an anderer Stelle einfuhr, war mir noch nicht klar, wie lang mein Weg sein würde. Hier unten vergisst man die Zeit. Ob draußen Tag oder Nacht ist, verliert im Inneren jede Bedeutung. Ich folgte daher dem Höhlenlabyrinth bis in die Nacht."

Wilhelm atmet tief durch. Alles im grünen Bereich. Der Höhlenforscher wirkt sogar sympathisch. Brahma fragt:

„Und warum sind Sie hier in der Nacht?" „Ach", sagt Wilhelm, „ich will Abstand gewinnen. Ich habe Ärger und suche Einsamkeit, um meine Gedanken zu sortieren."

Brahma schaut ihm in die Augen. „Sortieren? Mir scheint, dass Sie etwas beenden wollen, dass Sie etwas töten wollen!"

Wilhelm ist entsetzt. „Wie bitte? Wie kommen Sie denn auf so etwas? Ich würde nie jemandem etwas zu Leide tun!"

Brahmas Miene wird ernst. „Die Stimmung, als ich hier ankam, enthielt Wut, Gewalt, Abschied, Trauer und Schmerz. Stimmungen, die meist mit dem Tod in Verbindung stehen."

„Wie kommen Sie auf diesen Unsinn? Ich saß vor dem Feuer und habe nichts gemacht."

„Doch", erwidert Brahma, „Sie haben mit Ihren Gedanken die Stimmung der Umgebung beeinflusst."

Wilhelm ist verunsichert und spürt Scham. „Das ist ja gruselig. Meine Gedanken sind für andere wahrnehmbar?"

„Na ja", sagt Brahma und beugt sich etwas vor, „mehr

die Stimmungen, die sie verbreiten. Stimmungen sind eine Dimension, die Wirkung entfaltet."

Wilhelm rechtfertigt sich verwirrt: „Gedanken haben keine Wirkung. Ich gebe zu, dass ich wütend war … Ah! Sie haben wohl meinen wütenden Gesichtsausdruck gesehen!"

Brahma schaut Wilhelm immer noch in die Augen. „Ihr Gesichtsausdruck ist zwar auch eine Äußerung, aber nicht das Wesentliche. Viel wichtiger sind die Energien, die Sie ins Fließen bringen. Wissen Sie das nicht?"

„Erstens", sagt Wilhelm verärgert, „habe ich noch nie gehört, dass Gedanken, die nicht in Taten oder Äußerungen umgesetzt werden, irgendetwas beeinflussen. Gedanken sind frei … und schaden nicht … zumindest nicht anderen. Zweitens kann niemand für seine Gedanken verantwortlich gemacht werden, weil er sie nicht kontrollieren kann, bevor er sie gedacht hat. Egal, was ich denke, es ist nichts Schlimmes dabei. Also versuchen Sie mir kein schlechtes Gewissen einzureden. Es geht Sie überhaupt nichts an, was ich denke! Soweit kommt's noch, dass wir eine Gedankenpolizei haben."

Brahma geht einen Schritt zurück und meint lächelnd: „Ich urteile nicht über Ihre Gedanken. Ich habe nur meine Wahrnehmung mitgeteilt und spiegle das, was Sie in die Welt entsenden. Sie brauchen sich nicht verteidigen oder Verantwortung übernehmen. Ich zeige Ihnen nur, was Sie können."

Inzwischen bereut es Wilhelm, dass er Brahma sympathisch fand. Ein Psycho, denkt er. Hoffentlich verschwindet der bald wieder in dem Loch, aus dem er gekrochen ist. Kaum gedacht, krümmt sich Brahma und scheint kleiner zu werden. „Darf ich mich ans Feuer setzen?", fragt er mit dünner Stimme. „Mir geht es nicht gut. Ich habe das Gefühl, mich aufzulösen." Ein kalter Windhauch kommt aus der Höhle und Wilhelm hört ein Flüstern: „Komm zurück! Komm zurück!"

„Haben Sie einen Kollegen in der Höhle?" „Nein, wieso?", erwidert Brahma erstaunt. „Haben Sie nicht das Flüstern gehört? Jemand verlangt nach Ihnen." Brahma setzt sich neben ihn ans Feuer. „Nein, vielleicht galt das Flüstern ja Ihnen?" Nachdenklich meint Wilhelm: „Wahrscheinlich war es nur der Wind."

Brahma deutet ihm mit einer Geste, näherzurücken. Dann fragt er, ins Feuer blickend: „Wieso verwerfen Sie Ihre Wahrnehmung als Sinnestäuschung? Nach welchen Kriterien entscheiden Sie, welche Wahrnehmung Sie annehmen und welche Sie verwerfen? Anhand der Bestätigung durch andere? Wahrnehmungen sind Geschenke, Fenster, die uns neue Möglichkeiten erblicken lassen. Möglichkeiten und Chancen, die nur für den Wahrnehmenden bereitstehen." Die Erwähnung von Möglichkeiten rufen in Wilhelm unwillkürlich Erinnerungen an die Worte seines Vaters wach: „Mensch, Junge, das Leben zieht an dir vorbei und du schaust nur zu. Ergreif endlich deine Chancen und mach was draus!" Wilhelm hat nie verstanden, was da angeblich an ihm vorbeizog. Er lebte doch! Vieles ging eben nicht, weil er zu arm, zu dumm, zu hässlich, zu ungeschickt war und, und, und … Für ihn sieht das Leben eben nur das Brot und nicht die Schokolade vor. Das lässt sich nicht ändern, obwohl das unbestimmte Gefühl, etwas verpasst zu haben, und eine nicht greifbare Sehnsucht nach mehr, ständige Begleiter sind. Von wegen ungenutzte Möglichkeiten. Die Wut, die immer noch in ihm kreist, meldet sich mit Macht zurück und fokussiert sich nun auf Brahma. Er mault ihn trotzig an: „Manches will man eben nicht mal geschenkt! Zum Beispiel Belehrungen und schlaue Sprüche!"

„Ich verstehe", sagt Brahma und erhebt sich. „Sie sollten hier draußen nicht ohne Licht bleiben. Im Dunkeln sieht alles viel bedrohlicher aus, als es ist." Er setzt seinen Rucksack ab und kramt eine Taschenlampe hervor: „Die schenke ich Ihnen!" Wilhelm greift ganz automatisch nach der Lampe und meint verdattert: „Entschuldigung, ich wollte Sie nicht beleidigen." „Es ist völlig in Ordnung", erwidert Brahma. „Sie wollten sich in die Einsamkeit zurückziehen und dann komme ich daher und störe. Ich bin keineswegs beleidigt. Machen sie es gut! Es hat mich gefreut, sie kennenzulernen." Brahma dreht sich um und stapft gemächlich in die Höhle zurück. Schon bald verschwindet der Schein seiner Stirnlampe, und die Schrittgeräusche verhallen zwischen den Felsen, bis sie ganz verstummen.

War das Traum oder Wirklichkeit? Obwohl Wilhelm über das Ende dieses unangenehmen Gesprächs erleichtert ist, regt sich in ihm ein schlechtes Gewissen.

So unfreundlich hätte er nicht sein sollen. Susanne hat ihm oft eingeschärft, er solle nicht immer so patzig und unhöflich sein. Bald hätten sie keine Freunde mehr … Ach ja, Susanne. Ihrer Meinung nach habe ich sowieso immer alles falsch gemacht. Sogar das Rauchen wollte sie mir verbieten, weil es mich krank machen würde. Na und? Ist das nicht meine Sache? Wie geht es eigentlich meiner Zigarette? Liebevoll betastet er die Zigarette, die geduldig auf dem Blatt am Feuer wartet. Inzwischen scheint sie einigermaßen trocken zu sein. Vorsichtig hält er sie unter die Nase und zieht mit lautem Schnaufen genussvoll den Duft des Tabaks ein. „Wenn ich mich doch nur einmal in meinem Leben auf Susanne so gefreut hätte wie auf diese Zigarette."

„Das war jetzt ungerecht", tadelt er sich selbst. Am Anfang war sie die Erfüllung seiner Träume. Sie war so schön, klug, witzig, süß und unglaublich sexy, als er sie zum ersten Mal sah. Wie sehr hatte er sich damals gewünscht, dass sie ihn ebenfalls begehren würde, dass sie mit ihm zusammen sein wolle. Doch das schien unerreichbar. Es gab so viele Bewerber, die besser waren als er.

Doch: unfassbar, sie erhörte ihn! Eine begehrte Frau, die ihn, den Versager, anhimmelte, die ihn liebte! Sie sagte nicht wie seine Eltern „Du sollst!" oder „Du musst besser werden!". Diese Frau sagte: „Ja, für mich bist du perfekt, so wie du bist! Ich will nichts anderes haben!" In ihrer Gegenwart war er groß und stark. Es war wie im Himmel. Warum ist er nun nicht mehr perfekt? Was hatte sich geändert? Inzwischen ist sie die Vereinigung von Mutter und Vater in einer Person: Ständig kritisiert sie mich und stellt Forderungen. Sie nörgelt dauernd, was ich zu tun und zu lassen habe und was ich noch erreichen müsse. Ihr Sexappeal und ihre Achtung haben sich in Luft aufgelöst. Habe ich mir damals alles eingebildet, durch die rosa Brille gesehen, oder haben sich meine Wahrnehmungen, meine Wünsche und Vorstellungen verändert?

Schade, dass Brahma gegangen ist. Er wäre sicher ein kompetenter Gesprächspartner für so knifflige Fragen gewesen.

Die inzwischen trockene Zigarette steckt er wie automatisch in den Mund, zündet sie an und füllt mit einem kräftigen Zug seine Lungen. Sofort holt ihn das Nikotin in die Gegenwart zurück und erzeugt eine angenehme Mischung aus Spüren, innerer Wärme und einer Art leeres Erfülltsein. Nach längerer Abstinenz ist dieser Effekt besonders intensiv. Einen Moment lang ist er ganz in diesem Spüren und stößt entspannt den Rauch aus, als ob er mit ihm all seine Probleme in die Luft blasen könnte. Jeder weitere Zug ist purer Genuss. In Cowboyfilmen wünschen sich die Verurteilten, bevor sie gehängt werden, fast immer eine letzte Zigarette … Das kann er gut nachvollziehen: Die letzte Zigarette im Leben …

Nie sah er einen Film, in dem sich der Delinquent eine letzte Schokolade oder eine letzte Bratwurst gewünscht hätte. Na ja, das gab's wohl im wilden Westen auch nicht. Bei dieser Vorstellung muss er leise in sich hineinkichern.

„Komm zurück! Komm zurück!" Die Flüsterstimme unterbricht Wilhelms Gedanken. Diesmal kann er die Stimme laut und deutlich hören, eine hohe, fast kindliche Stimme. Er greift nach der Taschenlampe, die Brahma ihm geschenkt hat, springt auf und leuchtet in die Höhle. „Wer ist da? Komm raus!" … Stille … Aus der Höhle kommt ein Windzug, als ob jemand eine Tür geöffnet hätte. „Wenn du nicht rauskommst, dann komme ich rein!" Wilhelm erschrickt über seine eigene Drohung. Jetzt musst du rein, befiehlt seine innere Stimme. Wenn du vor dir selbst Achtung haben willst, musst du deine Drohung wahrmachen. Mit weichen Knien ruft er mit allem Nachdruck, den er aufbringen kann: „Komm raus!" Dann setzen sich seine Beine, den Boden ertastend, langsam in Bewegung. Im Schein der Taschenlampe ist nichts Ungewöhnliches erkennbar. Der Gang wird schmäler und wendet sich nach etwa zwanzig Schritten nach rechts. Bald ist das Lagerfeuer vor dem Höhleneingang nicht mehr zu sehen. Unheimliche Stille umfängt ihn wie eine Mauer. Sorgfältig scannt er mit dem Lichtkegel der Lampe den Boden, Wände und sogar die Decke. Nichts! Keine Bewegung, keine Unregelmäßigkeit. Ob er sich alles nur eingebildet hat? Der Gang führt nach unten, tiefer in den Berg, wird enger und niedriger. Es muss eine sehr lange Höhle sein, denkt Wilhelm. Immerhin war Brahma einen halben Tag unterwegs. Ob Einbildung oder echt, was immer da geflüstert hat, ist jetzt nicht mehr da. Erleichtert beschließt er umzukehren.

In dem Augenblick, in dem er sich für den Rückweg umdreht, flüstert eine Stimme direkt in sein Ohr: „Wilhelm! Du bist noch nicht angekommen!" Erschrocken lässt er die Taschenlampe fallen, hechtet zu Boden, greift hektisch nach ihr, dreht sich blitzschnell auf den Rücken und fuchtelt mit der Lampe umher wie mit einem Laserschwert. Niemand zu sehen. „Wer ist da!", quält seine trockene Kehle hervor. Wieder flüstert die Stimme direkt neben ihm und er zuckt zur Seite. „Was da ist, wäre wohl die passendere Frage."

„Wo sind Sie?", ruft Wilhelm. „Ich bin überall, aber du kannst mich nicht erkennen." Keuchend, auf dem Rücken liegend, leuchtet Wilhelm weiter wild umher, bis er wieder zusammenhängende Gedanken fassen kann. Dann sagt die Stimme in beruhigendem, sanftem Tonfall: „Wilhelm, ich bin kein Geist. Was du hörst, hörst du, weil ich es will. Ich bin dein Schöpfer und der Schöpfer deiner Welt …

Nach einer kurzen Pause fährt die Stimme fort: „Ich bin keine Existenz in deiner Welt, sondern deine Welt existiert in mir. Meine Phantasien erzeugen dich und auch diese Stimme."

Wilhelm ist völlig durcheinander und braucht einige Zeit, bis er die Worte begreift. „Bist du Gott?", fragt er mit zittriger Stimme. „Nein, ich bin ein Mensch!" „Das verstehe ich nicht! Wenn du ein Mensch wärst, müsste ich dich sehen und du wärst auch nicht mein Schöpfer. Brahma, bist du das? Hast du hier irgendwo einen Lausprecher versteckt? Treibst du einen üblen Scherz mit mir?" „Das ist kein Scherz. Für dich bin ich real!", erwidert die Stimme. „Ich bin sogar realer als du, denn du bist kein richtiger Mensch. Du bist eine Romanfigur, eine Erfindung, die ich niedergeschrieben habe. Ich bin der Autor von dir und deiner Geschichte, du bist ein Produkt meiner Gedanken."

Wilhelms Anspannung lässt überraschender Weise nach und er muss unwillkürlich lachen. „So ein Quatsch! Natürlich bin ich echt! Wenn ich mir auf die Finger haue, spüre ich Schmerz, ich atme, esse und schlafe … Ich bin hier! Also gibt es mich. Doch wer oder was bist du? Außer deiner Stimme kann ich dich nicht wahrnehmen. Du bist doch nur eine Halluzination! Und wenn nicht: Beweise mir deine Existenz!"

„Wilhelm, ich muss dir nichts beweisen, da ich bestimme, was du glaubst oder nicht glaubst. Ich entscheide, was du denken sollst, tun willst oder spüren kannst. Du bist meine Gedanken. Ich würde also nur mir selbst beweisen, dass es mich gibt. Doch wozu? Gäbe es mich nicht, könnte ich mir diese Frage nicht stellen und du könntest mir diese Frage auch nicht stellen. Da die Frage existiert, muss es mich geben."

Wilhelm raucht der Kopf. Was redet der nur? Ich bin der, der die Fragen stellt, also muss es mich und nicht ihn geben. Niemand bestimmt über mich oder denkt für mich. Wilhelms anfängliche Angst tritt in den Hintergrund und macht Platz für seine Wut. Dieser Quatschkopf! Der will mich verarschen! Mit Nachdruck ruft er in die Stille: „Hey du! Ich bin ein freier Mensch und niemand sagt mir, was ich denken oder tun soll! Ich weiß nicht, wie du das anstellst, aber hör sofort mit diesem Unsinn auf!"

Schweigen.

„So, und jetzt sage ich, was ich denke!", nimmt Wilhelm den Faden erneut auf. „Wie wäre es, wenn du ein

Produkt meiner Phantasie wärst? Oder noch besser, die Phantasie eines anderen Autors oder Schöpfers, der dich erfunden hat? Würdest du dich nicht genauso frei und selbstbestimmt fühlen wie ich? Wie war das? Du glaubst an einen Gott? Ist das nicht auch ein Schöpfer, der dich nur phantasiert?" Verärgert antwortet die Stimme: „Schweig! Das ist Unsinn! Mich gibt es wirklich! Das unendlich große Universum ist real und ich lebe auf einem seiner Planeten! Alles funktioniert nach strengen physikalischen Gesetzen. Da sind keine Verrücktheiten oder Unmöglichkeiten, die sich jemand ausdenkt. Zum Beispiel könnte ich dich in meiner Geschichte einfach mal schweben lassen oder in ein Tier verwandeln. Warum nicht? Aber in der Welt, in der ich lebe, kommt so etwas nicht vor. Also ist meine Welt echt!" „Oder", ruft Wilhelm dazwischen, „dein Schöpfer oder Autor hält sich nur konsequent an seine selbst ausgedachten Gesetzmäßigkeiten. Außerdem konnte ich auch nie schweben, obwohl ich es mir so oft gewünscht habe." Die Stimme antwortet erregt: „Weil ich es nicht wollte! Das würde deine Existenz, deine ganze Welt unglaubwürdig machen und hätte viel zu viele Implikationen zur Folge." Wilhelm erhebt sich: „Existenz ist also umso realer, je mehr Regeln gelten? Ist Wiederholbarkeit Voraussetzung für Existenz? Wenn das wahr wäre, wie lange müssten dann diese Regeln gelten und für wen?" Die Stimme erwidert entrüstet. „Natürlich für alle Zeiten und für alles im Universum!"

Inzwischen findet Wilhelm Spaß an der Unterhaltung. „In meinem Universum gelten die Naturgesetze auch für alle."

„Für alle, die du kennst und die ich in deiner Geschichte auftauchen lasse" erwidert die Stimme. „Andere und anderes gibt es für dich nicht. Du kannst nur Personen, Dinge und Ereignisse denken, die ich dich denken lasse."

„Das gilt auch für dich!" triumphiert Wilhelm. „Auch du denkst, siehst, hörst und fühlst nur, was dich dein Schöpfer erfahren lässt. Deine vermeintlich freien Entscheidungen sind in Wahrheit die Entscheidungen deines Schöpfers. Er gibt sie dir als deine Eigenen ein. Ich existiere durch dich, du existierst durch deinen Schöpfer, der existiert durch irgendeinen anderen Schöpfer und so weiter. Bin ich also weniger existent als du? Sind wir nicht alle das Produkt von jemandem oder etwas anderem?"

Nach einer Pause antwortet die Stimme nachdenklich: „Möglich, aber von was? Du bist ja nicht wie ich. Dein Handeln beruht nicht auf meinem persönlichen Denken, sondern ist Konsequenz aus der dir zugeschriebenen Rolle. Du handelst nach dem dir zugedachten ‚Ich-Konstrukt'. Dies ermöglicht sogar eine gewisse Art ‚Selbständigkeit', die dir aus deiner Rolle erwächst. Wer du wirklich bist, wer in Wahrheit denkt und was für eine Geschichte für dich vorgesehen ist, ahnst du natürlich nicht. Das einzige, was an dir echt ist, was wirklich existiert, ist dein Bewusstsein. Es ist echt, weil es eigentlich mein Bewusstsein ist, das du aber als dein Eigenes empfindest. Bewusstsein setzt ‚Sein' voraus, denn nur was ist, kann sich auch wahrnehmen. Wo nichts ist, kann sich nichts selbst erkennen. Da du nur ein Produkt meiner Gedanken bist, kannst du kein eigenes Bewusstsein haben. Du kannst nur an einem bereits vorhandenen Bewusstsein teilhaben. Natürlich merkst du das nicht und hältst dich selber für den Inhaber. Hättest du eigenes Bewusstsein, würdest du nicht nur getrennt von mir existieren, sondern auch getrennt von mir ‚sein'. Das ist aber unmöglich, da ich dich kreiere." Wilhelm erwidert kleinlaut: „Aber wenn du auch nur eine erdachte Figur bist, dann wäre mein ‚Bewusstsein' der Ausdruck deines Schöpfers, der dich benutzt, um mein Bewusstsein zu simulieren. Der ist vielleicht auch nur Produkt eines anderen Schöpfers …, eine endlose Kette bis … Die Stimme fährt fort: „Bis zum ‚Sein' an sich! Bis zu der Stelle, wo das ist, was sich selbst bezeugen kann, das sein eigener Schöpfer ist. Alles geht letztlich auf dieses ‚Sein' und damit auf das Universum oder auf das, was als ‚Gott' bezeichnet wird, zurück. Formen und Energien, die wir als existent benennen, sind lediglich eine Folgeerscheinung der Trennung in das ‚was ist' und ‚was (noch) nicht ist' in der Raumzeit. Die Stille oder das sogenannte Nichts, ist ‚Sein' in ungetrennter Ganzheit. Am Anfang ist die Stille, dann kommt das Wort oder die Information, die die Stille in Aspekte aufspaltet. Das Universum ist geboren. Doch alles, was existiert, muss mit allem verbunden bleiben, denn es kann nur durch das ‚Sein' existieren und das ‚Sein' ist nur für sich selbst ‚Sein'. Es kann also nur ein Bewusstsein geben, das von diesem einen ‚Sein' gebildet wird und umgekehrt."

Die Stimme beschließt, dass sich Wilhelm nun wieder Richtung Ausgang in Bewegung setzen solle. Sie lässt ihn denken: Also mir ist das zu abgehoben. Außerdem muss ich weder dich noch sonst jemanden von meiner Existenz überzeugen. Ich denke, also bin ich. Das genügt. Das ist nur ein Trick von diesem Brahma. Darauf falle ich nicht herein.

Zurück am Lagerfeuer, legt Wilhelm Äste nach und setzt sich so, dass er den Höhleneingang im Auge behält. Allmählich kommt sein Herz wieder zur Ruhe und er denkt: Das war total schräg, wie ein seltsamer Traum. Der Wunsch, alles halluziniert zu haben, gewinnt mit jeder verstrichenen Minute mehr Überzeugungskraft. „Wenn ich mir vorstelle, alles was ich denke und mache – auch die ganz privaten und peinlichen Dinge würden von einem ‚Autor' nicht nur wahrgenommen, sondern auch von diesem erdacht … Das würde ja bedeuten, dass dieses Wesen oder dieser Gott genauso peinlich ist wie ich. Und wie langweilig er ist! Könnte der sich nicht eine interessantere Story für mich einfallen lassen? Allmählich verstehe ich auch, warum Brahma meinte, meine Gedanken würden die Stimmung der Umgebung beeinflussen. Wenn ich feindliche Gedanken habe, entspringen die dem Bewusstsein meines Schöpfers. Es ist sein negativer Bewusstseinszustand, der die Umgebung, die er ja auch mit seinen Gedanken erschafft, kontaminiert. Quatsch! Das ist alles Quatsch! Ich weiß, wer ich bin, was real ist und was nicht. Abstrakte Gedankenspiele, ohne jeden Wert!" Wilhelm glaubt immer fester, dass er sich alles eingebildet hat und gleitet kurze Zeit später erschöpft ins Traumland.

Erwachen

Die Sonne kitzelt in der Nase. Wilhelm muss niesen, öffnet die Augen und sieht, umrahmt von Felsen und Baumkronen, den blauen Himmel über sich. Die Feuerstelle ist erkaltet, dafür wärmen Sonnenstrahlen die klamme Kleidung. Vögel zwitschern, Insekten summen, ein herrlicher, friedlicher Morgen. Er streckt seine Glieder aus und dreht sich mit beherztem Seufzen zur Seite, um aufzustehen. Irgendwie fühlt er sich anders, leichter, unbeschwerter und fröhlicher, ohne genau sagen zu können warum. Dieser Ort ist so friedlich, dass er ihn am liebsten nie mehr verlassen möchte. Er stellt sich vor, wie es wäre, ein Yogi zu sein, der den Rest seines Lebens meditierend vor dieser Höhle sitzt. Dem Summen der Insekten gesellt sich das leise Brummen eines Sportflugzeugs hinzu, das irgendwo weit entfernt seine Runden dreht. Wind säuselt in den Baumwipfeln, vom Boden steigt feuchter, süßer Blumenduft auf, durchtränkt den Raum zwischen Bäumen und Sträuchern und konserviert diese Stimmung wie süßer Sirup. Nicht denken, spüren, sich als Teil dieser geheimnisvollen Komposition begreifen, das macht den perfekten Moment aus.

Er hört Rufe: „Komm zurück! Komm zurück!" Dieses Mal ist es eine Frauenstimme, die aus dem Wald zu kommen scheint. Zwischen den Bäumen bewegt sich etwas. Gespannt fokussiert er seine Aufmerksamkeit, vergisst Natur und Stimmung. Eine Frau taucht zwischen den Bäumen auf: kurze rote Haare, große Augen, Jeans, weißes T-Shirt, schlanke Statur, ungefähr in seinem Alter. Leichtfüßig kommt sie näher. Sie scheint mehr zu schweben als zu gehen. Als sie Wilhelm genauer ausmachen kann, klart ihr prüfender Blick auf. Das ebenmäßige, leicht spitzbübische Gesicht verzieht sich zu einem offenen Lächeln und sie steuert schnurstracks auf ihn zu. „Hallo! Schöner Tag heute!" „Wunderschöner Tag!", entgegnet Wilhelm. „Haben Sie gerufen? Ist alles in Ordnung?" Die Frau erwidert: „Ach, das hatte nichts zu bedeuten. Ich habe mit mir selbst gesprochen." Wilhelm nickt vorsichtig und schaut ungläubig. Sie hingegen ist mit ihrer Erklärung vollkommen zufrieden.

„Ah!", sie deutet auf die Feuerstelle, „Sie haben es sich hier gemütlich gemacht." Wilhelm meint lakonisch: „Gemütlich geht anders. Ich habe mich verlaufen und übernachtete hier zwangsweise." „Oh, das tut mir leid. Kann ich Ihnen helfen?" Ihre rasch wechselnde Mimik verrät, dass das Mitleid und ihr Hilfsangebot ernst gemeint sind. „Na ja", antwortet Wilhelm, „es würde mir helfen, wenn Sie mir die Richtung der nächsten Ansiedlung verraten könnten. Mein Handy ist ausgefallen." Die Frau lacht. „Ja, ohne Handy sind Sie in höchster Not. Sie sind sozusagen von der Zivilisation abgeschnitten." „Was ist daran so lustig?", fragt Wilhelm pikiert. „Ich verlasse mich eben auf mein Handy. Wenn Sie mit dem Auto fahren, nehmen Sie auch kein Wasser, Decken und Zelt mit, weil das Fahrzeug irgendwo in der Einöde liegenbleiben könnte."

„Das ist wahr", sagt die Frau lachend. „Niemand kennt die Zukunft, was das Leben ja erst spannend macht." „Oder unangenehm", ergänzt Wilhelm. „So schlimm ist es jetzt auch nicht, dass Sie mich getroffen haben", erwidert sie grinsend. Wilhelm entgegnet betroffen: „So meinte ich das nicht."

Nach kurzem Zögern schaut sie ihm frech in die Augen: „Wissen Sie was? Ich bringe Sie ins nächste Dorf." „Das ist sehr freundlich", meint Wilhelm überrascht, „brauchen Sie aber nicht." Ihre Miene wird plötzlich ernst und sie spricht mit gedämpfter Stimme: „Es hat bestimmt einen Grund, dass wir uns begegnet sind. Ich begleite Sie gerne ein Stück."

Wilhelm lässt sich schließlich überzeugen, packt seine Utensilien zusammen, wirft einen letzten Blick zur Feuerstelle und zur Höhle – vor der er immerhin den Rest seines Lebens als Yogi sitzen wollte – und sie marschieren los. Schon nach ein paar Metern nimmt Wilhelm das Gespräch auf:

„Da wir jetzt ein Stück gemeinsam gehen, möchte ich mich vorstellen. Ich bin Wilhelm und wir können uns duzen." „Sehr erfreut, Wilhelm. Mein Name ist Nina. „Hallo Nina!" … Schweigen …

Es vergehen Minuten, dann sagen beide gleichzeitig „Wie …" und lachen. „Sag du zuerst", meint Nina. „Nein, du", erwidert Wilhelm. Nina gibt ihm einen leichten Knuff in die Seite, „Komm schon!"

„Also gut", lenkt Wilhelm ein. „Wie weit ist es bis ins

nächste Dorf?"

Nina erwidert: „Ich habe keine Ahnung!"

Wilhelm japst nach Luft: „Aber du sagtest doch, du kennst den Weg!"

„Ich sagte nur, dass ich dich ins nächste Dorf bringe. Ich sagte nicht, dass ich den Weg kenne." Wilhelm ist irritiert. „Und wie finden wir das Dorf, wenn du den Weg nicht kennst?" Nina antwortet in trockenem Tonfall: „Vertrau mir!"

Verrückte Antwort, denkt Wilhelm, spürt aber seltsamerweise trotzdem Vertrauen und Vertrautheit. Warum? Sein Verstand lacht ihn aus! Trotzdem, es ist da, als ob es etwas Eigenes, eine Art Gast wäre, der bei ihm eingezogen ist. Diesen Gast kann er weder leugnen noch ignorieren.

„Äh ja …, und wieso bist du an diesen Ort im Wald gekommen und hast ,Komm zurück!' gerufen?"

„Oh, das sind gleich mehrere Fragen", merkt Nina an. „Ich wollte in die Höhle gehen. Gerufen habe ich, weil ich etwas zurückhaben wollte. Aber das ist eine lange komplizierte Geschichte, über die ich nicht sprechen möchte." Wilhelm antwortet leicht gereizt: „Ich soll dir also vertrauen, aber du vertraust mir nicht?" Nina ist nun auch angespannt: „Wenn ich dir nicht vertrauen würde, würde ich nicht mutterseelenalleine mit dir durch den Wald streifen. Irgendwann erzähle ich es dir schon, nur jetzt ist nicht der richtige Zeitpunkt."

Wieso sagte sie „irgendwann"? Wilhelm wird es warm ums Herz. Wieder entsteht eine längere Pause. Während sie nebeneinander hergehen, treffen sich immer wieder ihre Blicke für einen kurzen Moment um gleich wieder verschämt auszuweichen. Sein wachsendes Verlangen, sie zu berühren, ihren Duft in sich aufzunehmen, macht ihn schwindlig. Er muss sich zusammenreißen, während er bemerkt, dass ihr Gesicht errötet. Plötzlich ergreift sie seine Hand und sie gehen händchenhaltend, wortlos weiter. Sein Herz klopft wild, dann bleiben sie stehen, umarmen und küssen sich. Anfänglich schüchtern, doch bald überwältigt beide die Leidenschaft. Die Umarmung wird inniger, ihre Hand gleitet über seinen Rücken zum Hintern, auch er streichelt sie, während sich ihre Zungen gegenseitig liebkosen. Als er unter ihr T-Shirt fassen will, drückt sie ihn weg: „Nicht hier, nicht jetzt", sagt sie zärtlich. „Habe ich was falsch gemacht?", fragt Wilhelm enttäuscht. „Nein, nur, wenn wir miteinander schlafen, soll es was ganz Besonderes sein, keine schnelle Nummer. Wenn ich so etwas mache, dann mache ich es ganz. Ich will Leben spüren, das in diesem Moment maximal mögliche wahrnehmen. Erotik ist viel mehr als Reibung und Orgasmus. Erotik ist ekstatische Lust ohne Kontrolle. Nicht nur Kontrolle verringern, sondern die totale Entmachtung des Verstandes. Das wünsche ich mir. Wir können so viel mehr haben, als wir für möglich halten!"

Ihre Forderungen und ihre Direktheit erschrecken ihn und bringen ihn in die Gegenwart zurück. „Ist das nicht ein Traum, eine Illusion, die uns die Werbeindustrie einredet? Was du willst, erlebt man allenfalls ansatzweise bei der ersten sexuellen Erfahrung. Später wird es anders, weniger aufregend, mehr geborgen."

Nina zwinkert zärtlich. „Es geht mir nur darum, Rollen, vermeintliche Handlungsanweisungen oder Erwartungen loszulassen. Ich will urteilsfrei Impulsen folgen und in Resonanz gehen. Doch Vorsicht! Wenn du das mal erlebt hast, willst du nichts anderes mehr. Dann weißt du, was möglich ist. Es ist wie ein Sprung in den

Abgrund ohne Fallschirm."

Wilhelm wird flau im Magen. Außerdem ist er unzufrieden, wie sich die Situation entwickelt und tröstet sich mit dem Gedanken: Was will die schon machen, was andere nicht können? Es wird doch sowieso eine Enttäuschung.

Während sie hintereinander hergehen, weil der Weg schmäler wird, arbeitet es unermüdlich in seinem Kopf. Es ist für ihn unbegreiflich, wie sich diese ungewöhnliche Situation so plötzlich aus dem "Nichts" entwickeln konnte. Kein Vorgeplänkel, Kennlernen, Essenseinladungen, Kinobesuche oder sonstiges Procedere. Umso sorgfältiger will er nun das weitere Vorgehen planen, wägt Für und Wider einer spontanen Affäre ab, sammelt, sortiert und beurteilt seine Wünsche und Ängste. Doch alle Pläne und Entscheidungen werden vom Duft ihrer Weiblichkeit, den er gierig einsaugt, hinweggefegt. Die Situation erscheint ihm immer unwirklicher. Er soll mit einer unbekannten Frau in einen Abgrund springen, um etwas zu erfahren, das es nicht gibt? Was verlangt der Autor von mir!

Halt, was für ein unsinniger Gedanke? Wenn „die

Stimme" recht hätte, wäre es egal was ich tue. Meine Entscheidungen wären sowieso seine Entscheidungen, die er mit meiner Persönlichkeit allenfalls einfärbt. Ob es zum Happy End oder zur Katastrophe kommt, liegt nicht in meiner Macht. Oder ist dem Autor der Ausgang egal? Bin ich ihm egal? Will er nur eine in sich logische, konsequent zu meinen Handlungsmustern passende Geschichte? Das würde mein bisher langweiliges, immer gleiches Leben erklären. Quatsch! Alles Quatsch! fängt Wilhelm seine Gedanken wieder ein. Jeder ist seines Glückes Schmied. Wer nichts zustande bringt, hat das Eisen nicht geschmiedet, als es heiß war.

Die beiden erreichen ein Dorf und Nina schaut erwartungsvoll. „Und, was hast du nun vor?" „Ich denke", antwortet Wilhelm, „wir sollten erstmal die Dorfwirtschaft suchen und etwas essen. Ich habe einen Bärenhunger." Sein Vorschlag fällt auf fruchtbaren Boden. Gegenüber der Dorfkirche finden sie das Gasthaus „Alter Wirt".

Das Gasthaus macht seinem Namen alle Ehre. Nicht nur die Gaststube mit den grobschlächtigen Tischen und Stühlen, den dunklen Holzwänden und der schiefen Holzdecke sehen uralt aus, auch die Wirtsleute sind uralt. Die Wirtin, die sich mit dem Gehen schwertut, ist mindestens achtzig. Ihr Mann, der hinter der Theke sitzt, sieht noch älter aus. Beide sind unglaublich freundlich und zuvorkommend, fast schon entrückt. In der Gaststube sitzt nur ein einziger Gast, ein ungepflegter Mann um die sechzig. Schweigend hockt er in der Ecke und starrt auf sein Bier. Nach dem Essen fragt Wilhelm, ob sie hier übernachten könnten. Anfänglich zögert die Alte und blickt verstohlenen zu dem einsamen Gast hinüber. Der starrt traurig vor sich hin und verzieht keine Miene. Vorsichtig nickt die Wirtin und holt aus der Küche den Zimmerschlüssel, auf dem eine verschnörkelte Drei eingraviert ist.

Nach dem „Check-in" wollen sich die beiden gleich ins Zimmer zurückziehen. Wilhelm ist krampfhaft bemüht, seine Aufregung zu verbergen, als er händchenhaltend mit Nina die Gaststube Richtung Treppe durchquert. Auf dem Weg kann er einen kurzen Blick in die Küche werfen. Dort sitzt der alte Wirt am Tisch vor einer Schüssel und schält Kartoffeln. Neben ihm kniet ein wunderschönes Mädchen mit schneeweißer Haut, schwarzen langen Haaren, tiefroten Lippen und schaut zu ihm hoch. Wow, denkt Wilhelm, ihr Enkelkind ist Schneewittchen. Das Bild lässt ihn auf dem Weg ins Zimmer nicht mehr los. Es war so faszinierend, unwirklich und märchenhaft, wie alles hier.

Das Fremdenzimmer ist ebenso rustikal und dunkel wie die Gaststube. Man riecht, dass es länger nicht benutzt wurde. Nina stürzt sofort ins Bad, während er lüftet und das Bett inspiziert. Kurze Zeit später klopft es schüchtern an der Tür. Schneewittchen steht draußen. Bei genauerem Hinsehen schätzt er sie auf etwa sechzehn. Sie stammelt: „Entschuldigen Sie bitte die Störung. Ich bringe Handtücher." Verschämt lächelnd streckt sie ihm die Tücher entgegen, während Wilhelm wie hypnotisiert ihre roten vollen Lippen anstarrt. Sein Bemühen, Kontrolle zu behalten, lässt seinen Körper starr werden. Sein Herz pocht wild und Schweiß tritt aus seinen Poren. Er muss sich zwingen, den Arm zu heben, um die Handtücher entgegenzunehmen. Nach der Übergabe lächelt ihn Schneewittchen verlegen an und er schlägt geradezu panisch die Tür wieder zu. Erst ein paar tiefe Atemzüge später kann er seine Fassung zurückgewinnen. Was ist mit ihm los? Wilhelm ist völlig durcheinander.

Etwa eine halbe Stunde später holt ihn Nina, die gerade aus dem Bad kommt, in die Realität zurück, zumindest in eine Realität. „Du bist dran", flötet sie. „Lass dir Zeit, ich muss noch einiges vorbereiten." Unter der Dusche denkt er unwillkürlich an Susanne. Ob sie auch gerade bei einem fremden Mann duscht? Wird sie sich von ihm trennen? Soll er sich von ihr trennen? Was wird Nina mit ihm vorhaben?

Als er aus der Dusche kommt, hat Nina das Bett in einen indischen Tempel verwandelt. Die Schlafstätte ist mit Kerzen umstellt und sieht wie ein Opferaltar aus. Räucherstäbchen überdecken den Staubgeruch und um das Bett drapierte Seidentücher mit Darstellungen von indischen Gottheiten verwandeln es in eine Art Tempel. Im Zentrum des Arrangements erwartet ihn Nina lasziv in ein durchsichtiges Tuch gehüllt. Er lässt den Bademantel fallen und will sich zu ihr legen, als es erneut an der Tür klopft. Diesmal laut und kräftig. Anfangs ignoriert er den Lärm, doch das Klopfen wird immer penetranter und er fürchtet, die Tür könnte nachgeben. Während Nina verängstigt unter die Decke kriecht, zieht er ärgerlich den Bademantel wieder an und reißt die Tür auf. „Was soll das?", brüllt er dem Störer entgegen. Vor ihm steht der seltsame Mann, der in der Gaststube saß. „Was wollen Sie?" Der Mann hält schützend seine Arme vors Gesicht und sagt verunsichert: „Ich will Sie warnen! Sie sind in höchster Gefahr!" Wilhelm ist immer noch wütend. „Was reden Sie da?" Der Mann fleht: „Darf ich reinkommen?" „Auf keinen Fall! Bleiben Sie draußen!" Der Mann schaut ängstlich links und rechts den Flur entlang und flüstert: „Wenn die mich erwischen, ist es aus mit mir." „Wer, die?", fragt Wilhelm und schaut auch in den leeren Gang. „Na die! Bitte lassen Sie mich rein!", jammert der Mann und fällt auf die Knie. Wilhelm stöhnt: „Phaaaah, okay, aber nur ganz kurz!" Der Mann rutscht auf den Knien ins Zimmer und ist von den Kerzen und Tüchern sichtlich irritiert. Dann erzählt er hektisch: „Sie sind in höchster Gefahr! In diesem Haus leben Vampire!" „Scheiße!", entfährt es Wilhelm. „Ein Verrückter! Sofort raus hier! Los!" Der Mann wimmert: „Nein, nein, nein! Sie haben mich nicht richtig verstanden! Ich kann es beweisen!" Der Mann zittert vor Aufregung und fuchtelt mit den Armen. „Wie alt schätzen Sie die Wirtsleute?"

„Na ja", antwortet Wilhelm, „zwischen achtzig und neunzig?" „Falsch!", ruft der Mann triumphierend. „Sie sind dreihundert Jahre alt! Meine Mutter, meine Großmutter, meine Urgroßmutter und Ururgroßmutter haben sie schon gekannt. Und das junge Mädchen, ihr jüngstes Opfer, ist auch schon hundert Jahre alt. Haben Sie nicht gesehen, wie blutleer sie ist?" „So ein Quatsch!", stöhnt Wilhelm. „Es gibt keine Vampire! Sie haben zu viele Filme geschaut! Sie sind wahnsinnig! Jetzt raus hier!" Wilhelm öffnet die Tür, packt den immer noch knieenden und jammernden Mann und zerrt ihn auf den Flur. Durch die Tür hört er ihn rufen: „Sie sollten mich ernst nehmen, wenn Sie leben wollen! Die saugen Ihnen alle Lebenskraft aus dem Körper! Vielleicht ist Ihre Freundin auch eine von ihnen!" Dann eilt er hysterisch lachend davon.

„Ist er weg?", fragt Nina ängstlich unter der Bettdecke hervor. „Ja, du kannst rauskommen. Jetzt mache ich nicht mehr auf, selbst wenn jemand Feuer ruft." Nina lächelt gequält. „Dieser Idiot hat mir total die Stimmung verdorben. Ich fühle mich so unwohl, wie soll ich mich jetzt noch hingeben? Ärgerlich, dass mich so eine Absurdität einfangen kann. Wenn jemand fest an etwas Böses glaubt, färbt seine Stimmung irgendwie auf mich ab und ich werde ebenfalls misstrauisch. Wahnvorstellungen und Überzeugungen verschmutzen, vergiften regelrecht die Mitmenschen. Im Mittelalter hätten wir wahrscheinlich den armen Wirtsleuten Pflöcke aus Rosenholz durchs Herz gejagt. Unser Verstand sagt, dass diese Horrorgeschichten Unsinn sind, aber irgendetwas im Inneren springt darauf an. Der Instinkt denkt, wenn einer aus der Herde einen Löwen sieht, sollte ich vorsichtig sein. Vielleicht ist mir und allen anderen was entgangen. Wenn dann noch ein zweiter einen Schatten bemerkt, bestätigt dies die Angst und der Wahn wird zur Gewissheit. Erzeuge bei den Mitmenschen ein ängstliches Lebensgefühl, dann glauben sie dir den größten Unsinn. Angst macht dumm!"

„Stimmt! und Wahnsinn ist ansteckend", erwidert Wilhelm. Nina verdreht die Augen nach oben und faucht: „Wahnsinn! Ich bin wahnsinnig, wahnsinnig nach dir und werde dich aussaugen! Sie drückt ihren Rücken zu einem hysterischen Bogen durch und ihr Fauchen geht in Quietschen und Lachen über. Wilhelm springt auf sie und ruft: „Jetzt hast du mich angesteckt!"

Dann versinken sie in Verschmelzung, in Hunger nach Spüren und in Maßlosigkeit.

Am nächsten Morgen ist Wilhelm überglücklich. Er fühlt sich energetisiert und im Gleichgewicht. Nina verwendete keine spezielle Technik oder Kunststücke, sie ging mit seinem Körper, seinem Verlangen, mit dem, was ihm fehlte, in Resonanz. Kein Film im Kopf, keine Erwartungen, Visionen oder Absichten konnten sie ablenken. Da waren nur Achtsamkeit, Präsenz und die Erfüllung geheimer Wünsche.

Nach der gemeinsamen Dusche gehen sie zum Frühstück in die Gaststube. Schneewittchen bringt Kaffee und Brötchen. Die Atmosphäre hat etwas Heiliges, Feierliches. Nach dem Frühstück kommt die Wirtin mit schweren unsicheren Schritten freundlich lächelnd an den Tisch: „Entschuldigen Sie bitte, dass Sie gestern Abend von Karl belästigt wurden. Karl war der

Ehemann meiner besten Freundin. Leider starb sie letztes Jahr. Er hat den Tod seiner Frau noch nicht überwunden und flüchtete in den Wahnsinn. Ich habe meiner Freundin am Sterbebett versprochen, mich um ihn zu kümmern, da er schon immer ein Tollpatsch war und sonst niemanden hat. Aber er macht es mir nicht leicht. Dauernd erzählt er den Gästen verrückte Geschichten von Vampiren und Geistern. Er glaubt fest, dass seine Frau von solchen Wesen getötet wurde und lebt in dieser Phantasiewelt."

Nina meint: „Der Mann braucht dringend Hilfe. Waren Sie schon bei einem Psychologen?" Die Wirtin schaut besorgt. „Ich traue mich nicht. Der bringt ihn in eine geschlossene Anstalt, wo er mit Medikamenten ruhiggestellt wird. Wahrscheinlich müsste er den Rest seines Lebens im Nebel von Psychopharmaka verbringen. Was ist schlimmer? Gefangen im Wahn oder gefangen in der Psychiatrie?"

„Die Welt ist nicht schwarz-weiß, sondern bunt", antwortet Wilhelm. „Es gibt schließlich auch die Möglichkeit einer Heilung oder Linderung. Soll diese Chance ungenutzt bleiben?"

Die Wirtin ist sichtlich erregt. „Karl glaubt, Psychiater

seien Vampire, die ihn umbringen wollen. Er hat Todesangst und befürchtet, man würde ihn zwangseinweisen. Dann kann ich nichts mehr für ihn tun. Unsere Enkeltochter hat ihn sehr lieb. Sie würde mir das nie verzeihen!"

Das inzwischen lauter gewordene Gespräch zieht die Aufmerksamkeit der Enkelin auf sich. Sie eilt herbei. "Was habt ihr mit Karl vor? Ihr dürft ihm nichts tun! Er ist absolut harmlos!" Sofort wechselt die Wirtin in beruhigenden Tonfall. "Wir haben nichts vor. Wir haben nur über ihn gesprochen. Alles ist gut, Klara."

Schneewittchen, die also Klara heißt, atmet tief durch. "Ach, es gibt jemanden, der ihm helfen könnte. Aber ich darf ihn nicht hinbringen, weil ich zu jung bin und Oma und Opa sind zu alt." Die Wirtin schimpft: "Jetzt hör mit diesem Unsinn auf, Klara! Was dieser Mönch, oder was immer der war, erzählt hat, war ein Kindermärchen. Glaub nicht diesen Quatsch!"

Nina rutscht wie elektrisiert auf ihrem Stuhl umher. "Was für ein Mönch?" Die Wirtin verdreht die Augen und jammert: "Jetzt geht das wieder los." Sie schüttelt den Kopf und geht, während Klaras Augen zu leuchten beginnen. Ohne Aufforderung setzt sie sich an den Tisch, scharrt aufgeregt mit den Füßen, klammert sich an die Tischkante und beginnt zu erzählen:

„Also, vor ungefähr zwei Monaten kam ein Mönch in die Gaststube. Er sah wie ein Schauspieler aus, der einem Film über das Mittelalter entsprungen ist. Seine vor Dreck strotzende Kutte hatte eine riesige Kapuze und an den nackten Füssen trug er geschnürte Ledersandalen. Der Mönch setzte sich in eine Ecke und bestellte Essen. Als Karl, der fast jeden Tag in der Gaststube rumhängt, den Mönch sah, fielen ihm fast die Augen raus. Ich merkte, wie es immer heftiger in ihm zu arbeiten begann und er vor Aufregung zitterte. Plötzlich stürzte Karl zu dem Mönch, warft sich vor ihm auf die Knie und fleht mit gefalteten Händen: ‚Bitte erlöse mich, oh Herr! Bitte erlöse mich! Ich will für immer dein unwürdiger Diener sein. Bitte nimm dieses schreckliche Leben von mir und gib mir Frieden!‘“

In Klaras Augen steigen Tränen und sie muss ihre Rührung runterschlucken. Nina streichelt zärtlich ihren Kopf und sagt: „Erzähl, wie hat der Mönch reagiert?“

Klara klammert sich noch fester an die Tischkante und fährt fort: „Er drehte ganz ruhig und bedächtig sein Gesicht zu Karl und blickte ihm in die Augen. Ich habe das Gesicht des Fremden nur teilweise gesehen, werde den Anblick aber nie mehr vergessen." Klara bricht in Tränen aus. Mit weinerlicher Stimme sagt sie: „Das war der friedlichste und schönste Anblick meines ganzen Lebens. Als ob ich einen Engel sehen würde! Unendliche Liebe, unendlicher Frieden, unendliches Mitgefühl lag in den Augen des Fremden. Auch Karl wurde vollkommen ruhig. Der Mönch sagte zu ihm: ‚Fürchte dich nicht! Geh zum Narrator! Dort warten deine Erlösung und dein Frieden seit Anbeginn!'

‚Danke, oh Herr! Danke!', sagte Karl und küsste den Boden, krabbelte wieder zu seinem Platz und lächelte zufrieden vor sich hin. Obwohl ich sehr aufgeregt war, ging ich zu dem Mönch und fragte, ob er mir sagen könne, wo der Narrator wohnt? Dann könnte ich Karl zu ihm bringen. Der Mönch schaute mich mit durchdringenden ernsten Augen an, als ob er direkt in mein Herz sehen würde. Dann sagte er: ‚Diese arme Seele braucht deine Hilfe, aber du wirst ihn nicht zum Narrator bringen. Es ist seine Reise. Er muss den Weg ohne dich gehen. Deine Liebe wird ihn begleiten und auf den Weg bringen. Auf seinen wahren Lebensweg, zu seiner wahren Geschichte."

„Tja", sagt Klara, richtet sich auf und wischt ihre Tränen weg. „Jetzt suche ich nach einer Möglichkeit, Karl auf den Weg zu bringen. Doch wie und was ist der Weg? Karl ist so unselbständig, er kann nicht alleine in der Welt da draußen zurechtkommen." Eine lange Pause entsteht.

Dann sagt Nina: „Ich habe da eine Idee!" Wilhelm schwant Schlimmes. Er schaut verängstigt zu Nina, die ihm einen drohenden Blick zurückwirft. Dann sagt sie: „Was hältst du davon, Klara, wenn wir uns um Karl kümmern und ihn zu diesem geheimnisvollen Narrator bringen? Ich würde den auch gerne kennenlernen." Während es in Wilhelms Kopf brüllt „Jetzt hat sie es getan! Jetzt hat sie es tatsächlich getan!" springt Klara auf und fällt Nina um den Hals.

Nachdem Wilhelm seine Sprache wiedergefunden hat, brüllt er Nina an: „Spinnst du? Das ist doch ein

Märchen! Es gibt keinen Narrator! Es gibt keine Erlösung! Das ist alles Quatsch!" Nina und Klara beachten ihn nicht und stolpern eng umschlungen freudig in der Gaststube umher.

Die Wirtin, die vom Tresen das Geschehen beobachtet, schüttelt den Kopf und wirft Wilhelm mitleidige Blicke zu. Bei Wilhelm macht sich immer größere Verzweiflung breit. Soll er jetzt einfach gehen? Nina hat sich diese Suppe eingebrockt und muss sie nun selbst auslöffeln. Aber kann er sie mit diesem Verrückten alleine lassen? Wer weiß, was der ihr antut? Nein, er muss diesen Unsinn irgendwie beenden. Er wartet, bis sich die Frauen etwas beruhigt haben, und bittet Nina aufs Zimmer. Die dortige Diskussion ist sehr emotional. Doch alle Drohungen, Bitten und sein Flehen bleiben erfolglos. Nina beharrt auf ihrer, wie sie sagt, „Herzensentscheidung".

Zurück in der Gaststube stehen die Wirtsleute, Klara und Karl vor der Theke aufgereiht. Karl hat einen großen Koffer in der Hand und sagt breit grinsend: „Jetzt gehen wir zum Narrator!" Während der Verabschiedung ist Wilhelm ganz flau in der Magengegend, und er überlegt, ob er nicht einen riesigen Fehler macht. Draußen wartet bereits ein Taxi.

Wohin Nina das Taxi wohl dirigieren wird? In der Aufregung haben sie über das weitere Vorgehen gar nicht gesprochen. Nina nuschelt dem Taxifahrer eine Adresse ins Ohr und dessen Augen beginnen zu leuchten. Offensichtlich wird es eine längere Fahrt, denkt Wilhelm.

Die erste Stunde lang herrscht eisiges Schweigen. Dann fragt er Nina, wo es denn eigentlich hingeht. Sie sagt geheimnisvoll: „Zu einem Baum." „Hä?", entfährt es Wilhelm. „Soll das eine Gaststätte oder ein Haus sein?" Nina grinst. „Nein, eine Pflanze." Wilhelm macht ein so dämliches Gesicht, dass Nina beherzt lachen muss. „Lass dich überraschen!" Wieder Schweigen. Wilhelm überlegt, ob der Wahnsinn von Karl vielleicht ansteckend sein könnte und Nina bereits infiziert sei. Nach einer weiteren Stunde dirigiert Nina das Taxi auf einen kleinen geteerten Waldweg. Ein paar Kilometer später erreichen sie eine Lichtung. Inmitten dieser Lichtung steht eine riesige Eiche. Um den Baum herum stehen Bauwagen, es könnten auch Zirkuswagen sein, mit kleinen Kaminen und Fenstern. Sie bilden eine Art Wagenburg. Junge Männer, Frauen und Kindern laufen, sitzen oder tollen zwischen den Wagen umher. Es herrscht reges Treiben und das Ensemble erinnert Wilhelm an Filme über das Mittelalter.

„Wir sind da!", jubiliert Nina und zückt den Geldbeutel. Der Taxifahrer schaut überrascht und fragt: „Wollen Sie hier wirklich aussteigen?" Nina erwidert: „Das sind meine Freunde", und zahlt eine stolze Summe. Um Karl zum Aussteigen zu bewegen, bedarf es ihres ganzen Charmes und der wiederholten Versicherung, dass die Fremden gute Freunde seien, die helfen würden, den Narrator zu finden.

Nachdem das Taxi in den Wald entschwunden ist, berichtet Nina aus ihrer Vergangenheit: „Vor ungefähr fünf Jahren war ich mit einem zehn Jahre jüngeren Mann zusammen. Wir hatten eine intensive, wilde Beziehung und schwebten im siebten Himmel. Doch vor drei Jahren lernte er auf einem Jahrmarkt hier in der Nähe eine Frau mit dem Namen Shanti kennen. Sie lebte bei diesen Leuten in der Wagenburg, war recht hübsch und ungefähr in seinem Alter. Es dauerte nicht lange, bis mir mein ‚Liebster‘ eröffnete, dass er nun mit Shanti eine Familie gründen wolle. Anfangs war ich vollkommen geschockt. Wutentbrannt stellte ich die Frau zur Rede, machte ihr Vorhaltungen und klagte sie an. Doch im Lauf unseres Gesprächs verflog meine Wut. Shanti war eine offene und kluge Frau, die Lebensfreude und positive Stimmung verbreitete. So sehr ich mich bemühte, ich konnte sie einfach nicht hassen. Sie ging nicht auf mein Konkurrenzgehabe und meine Angriffe ein, sondern bot mir stattdessen Freundschaft und Unterstützung an. Plötzlich kam ich mir so dämlich vor. Während unseres Gesprächs wurde immer klarer, dass der Bruch meiner Beziehung nichts mit mir oder Shanti zu tun hatte. Sie hatte mich weder betrogen noch übertrumpft oder beraubt. Sie war, ebenso wie ich, in der Lebensgeschichte meines Partners lediglich ein Werkzeug oder eine Begleiterin für seine Entwicklung. Bis dahin glaubte ich, dass man alles, was man hat, festhalten müsse, um sein Glück zu bewahren. Doch gerade dieses Festhalten macht uns unglücklich. Es ist schon richtig: Beim Loslassen ist die Hand erstmal leer und das ‚Ich‘ schreit: ‚Dir wird etwas genommen, was dir gehört! Du bist eine Verliererin!' Ich glaubte fest, dass nichts Vergleichbares nachkommen würde und idealisierte meine Beziehung. Der verletzte Stolz und mein Verlustgefühl verstärkten diese Angst und den Schmerz. Shanti überzeugte mich, dass wir, wenn die Hand geöffnet bleibt und wir im Vertrauen bleiben, immer etwas, meist sogar etwas viel Wertvolleres zurückbekommen. Das sei eine unerklärliche, wunderbare Gesetzmäßigkeit. Danach war ich offen für neue Beziehungen und durfte Thomas kennenlernen. Eine Fügung, für die ich im Nachhinein unendlich dankbar bin." Wilhelm schweigt betreten und denkt an Susanne und seine Beziehung.

„Aber jetzt will ich nicht noch näher auf diese Geschichten eingehen", sagt Nina. „Diese Shanti lebte jedenfalls mit Freunden hier in einem dieser Bauwagen. Eine Gemeinschaft junger Menschen, die aus dem üblichen gesellschaftlichen Zusammensein ausgestiegen ist, um neue Wohnformen und ein neues soziales Miteinander zu verwirklichen." Wilhelm fragt interessiert: „Und was wollen wir von diesen Leuten? Willst du deinen Ex treffen?" „Eigentlich nicht", sagt Nina. „Ich weiß nicht einmal, ob er und Shanti überhaupt noch hier leben. Wir sind hier, weil mich damals die Weisheit, die Herzensbildung und die ungeheure Erfahrung dieser Leute schwer beeindruckt haben. Sie konnten wunderbare Geschichten erzählen. Geschichten, die ich nie zuvor gehört hatte und die in ihrem Leben ganz besondere Rollen spielen. Wenn es jemanden gibt, der den Erzähler, den Narrator, kennt, dann muss er unter diesen Leuten zu finden sein." Bei diesem Satz fängt Karl zu lachen und zu hüpfen an und setzt sich Richtung Wagenburg in Bewegung. Die beiden folgen ihm.

Als sie näherkommen, beachtet sie zunächst keiner. Die jungen Leute sind auf ihr Tun und auf ihre Kinder so fokussiert, dass sie sich nicht ablenken lassen. Manche scheinen zu unterrichten, manche sind in Spiele vertieft, andere beschäftigen sich mit handwerklichen oder künstlerischen Arbeiten. Überall stehen oder hängen geschmackvolle und sehr individuelle Kleidungsstücke, Schmuck, Instrumente und sonstige Gegenstände, wie man sie auch auf Künstler- oder Handwerkermärkten finden kann. Vor manchen Bauwagen sitzen Gruppen Erwachsener diskutierend, singend oder Rituale praktizierend. Die Atmosphäre ist von Produktivität und Kreativität durchdrungen. Obwohl alle schwer beschäftigt sind, wirken sie entspannt und gut gelaunt.

Schließlich kommt ein Junge auf sie zu und fragt, ob sie etwas kaufen wollen. Er würde sie gerne herumführen. „Kaufen möchten wir eigentlich nichts", sagt Nina, „wir suchen eher nach einer Beratung oder Unterstützung." „Ah!", der Junge nickt verständnisvoll, „ich weiß, zu wem ihr wollt! Ihr wollt zu Christian. Der hält gerade einen Vortrag dort drüben." Der Junge zeigt auf die gewaltige Eiche inmitten des Platzes. Hinter der Eiche sitzen einige Männer und Frauen und schauen Richtung Baum. Der Junge führt die Neuankömmlinge gemächlich in einem großen Bogen um den Baum herum. Rein zufällig wählt er einen Weg, der an den Waren vorbeiführt und tut so, als ob er sich für das eine oder andere Produkt interessieren würde. Offenbar hofft er doch noch, einen Kauf vermitteln zu können. Bei manchen Dingen fällt es Nina sichtlich schwer, einfach nur vorbeizugehen. Als sie auf der anderen Seite des runden Platzes angekommen sind, sagt der Junge:

„Setzt euch einfach dazu." Dann lässt er sie stehen und schließt sich einer Gruppe Kinder an.

Vor dem mächtigen Eichenstamm steht ein Mann um die vierzig. Er sieht wie ein Nachfahre der Wikinger aus: kräftige gedrungene Statur, roter Vollbart und kahles Haupt. Als Schmuck trägt er eine Kette aus Bein und Holz, dazu Ohrringe mit Federn und eintätowierte geheimnisvolle Zeichen am Hals. Karl marschiert geradewegs in die Versammlung und setzt sich breit grinsend in die erste Reihe direkt vor Christian. Nina und Wilhelm finden sein auffälliges Verhalten etwas unangebracht, folgen aber und huschen mit entschuldigenden Gesten neben Karl. Christian lässt sich nicht stören. Er bleibt ruhig und beachtet sie nicht.

Als der Vortrag zu Ende ist, begrüßt er die drei freundlich mit Handschlag. Bei Nina fragt er: „Kann es sein, dass wir uns schon mal getroffen haben?" „Ja, ich habe vor ungefähr drei Jahren Shanti besucht. Lebt sie hier noch?" „Stimmt!", ruft Christian. „Ich erinnere mich! Da wird sich Shanti aber freuen. Soll ich dich zu ihr bringen?" „Gerne", sagt Nina, „aber wir sind aus einem anderen Grund hier. Wir möchten dich um Rat fragen."

„Okay", meint Christian, „dann gehen wir erst zu mir."

Schweigend folgen sie ihm in seinen Bauwagen. Drinnen ist es erstaunlich geräumig und gemütlich. Neben einem Schwedenofen hat er eine bequeme Sitzecke aus kleinen Matratzen und Kissen um einen Tisch aufgebaut. Der Ofen strahlt herrliche Wärme ab und knistert leise vor sich hin. Die Wände sind mit Teppichen, perlenbestickten Tüchern und kunstvoll geflochtenen Schnüren behängt. An den Schnüren sind kleine Bilder, Figürchen und Schmuckgegenstände befestigt. Durch die farbliche Abstimmung der Kunstgegenstände entsteht ein elegantes, nicht überladenes Gesamtbild, das durch die mit hellblauem Himmel und weißen Wolken bemalte Holzdecke Luftigkeit und Weite gewinnt.

Christian serviert Tee, setzt sich in die Runde und fragt, was er tun könne. Wilhelm verzieht das Gesicht und Karl überlegt krampfhaft, was er nun sagen soll. Da ergreift Nina das Wort: „Am besten ich erzähle die Geschichte von Anfang an, soweit sie mir bekannt ist." Sie erzählt lebhaft von dem Wirtshaus, von Karls

Vampirglaube, von dem Mönch und dem Narrator. Wilhelm greift ein: „Entschuldigen Sie bitte, dass wir Sie mit diesem Unsinn belästigen. Aber weder Karl noch Nina sind von dieser verrückten Idee, dass es einen ‚Narrator' gibt, abzubringen."

„Das ist auch gut so", antwortet Christian. „Woher willst du wissen, dass es ihn nicht gibt? Der Tod von Karls Frau hat ihn in eine Horrorgeschichte mit Schuld und Sühne, mit Vampiren, dem Leugnen des Todes und Streben nach ewigem Leben verstrickt. In seiner Vorstellung muss jeder, der dem Tod trotzen will, einen Preis zahlen. Der Preis ist die Opferung der Lebendigkeit und des Blutes, die Flucht vor dem Licht und vor dem Göttlichen. Eine Geschichte, die man nicht einfach weglegen oder als Unsinn abtun kann. Diese Geschichte muss gelöst, zu einem Ende gebracht werden. All unsere Leben basieren auf Vorstellungen und Geschichten. Schon als Kinder erzählten uns die Eltern, wer und was wir sind, wer und was die anderen sind und wie die Welt funktioniert. Daraus entwickelten wir eigene – manchmal auch sehr skurrile – Vorstellungen. Wir bastelten uns eine Geschichte, die vermeintlich die absolute Wahrheit verkörpert. Lebenslang wird jede weitere Erkenntnis, jedes weitere Erlebnis dieser Grundgeschichte hinzugefügt und einpasst. Besonders erstaunlich ist, dass man alles, was unseren Vorstellungen zuwiderläuft oder mit diesen nicht kompatibel ist, ausblendet. Für uns existiert nur, was wir in unser Weltbild integrieren können. Ihr kennt sicher die Anekdote über die Ankunft der Spanier in Südamerika. Obwohl die Schiffe der Spanier bereits vor der Küste lagen, konnten die Ureinwohner die Schiffe nicht sehen. Für die Ureinwohner war die Existenz anderer Menschen, die in so großen Schiffen übers Meer kamen, einfach nicht vorstellbar und daher nicht in ihre Erfahrungswelt integrierbar. Erst als ein Medizinmann behauptete, das seien Götter, die zu Besuch kämen, passten die Schiffe in die Vorstellungswelt und waren nun für alle sichtbar. Sie schienen aus dem Nichts aufzutauchen. Diese menschliche Eigenschaft ist möglicherweise ein echter Bug oder Hardwarefehler, wie man in der Computersprache sagt. Jeder Therapeut kann bestätigen, dass Klienten manchmal Dinge, die für die meisten Menschen leicht verständlich sind, einfach nicht denken können. Der Klient hört, was man ihm sagt, kann das aber nicht in eine Erkenntnis umsetzen. Manchmal kann er das Gesagte nicht einmal wahrnehmen oder erinnern. Der Denkfehler wird ihm auch nicht bewusst, weil er dazu sein eigenes Denken beobachten müsste. Meist hält der Klient den Therapeuten einfach nur für verrückt. Das Ausblenden von Informationen, Ereignissen und Einsichten, die nicht zu vorhandenen Vorstellungen passen, findet auch kollektiv statt und führt manchmal zu unsinnigem oder wahnsinnigem Verhalten ganzer Gesellschaften. Die Geschichtsbücher der Menschheit sind voll von diesem Wahnsinn. Doch das blenden wir jetzt wieder ganz schnell aus. Beheben können wir diesen Hardwarefehler nicht, aber man kann ihn umschiffen oder nutzbringend einsetzen. Dazu brauchen wir jedoch Hilfe. Wir brauchen jemanden, dem wir vertrauen und der uns und unser Leben von einer höheren Warte aus sieht. Der um die übergeordneten Zusammenhänge unserer Begegnungen und Schicksalsschläge weiß und ihren Sinn erkennen kann. Der mit uns fühlt und uns unsere Schuld vergibt. Wir brauchen den ‚Narrator‘.“

Karl klatscht vor Freude in die Hände und ruft: „Und wo ist er?“ „Mensch, Karl!“, herrscht ihn Wilhelm an.

„Du kapierst aber auch gar nichts! Der Narrator ist natürlich Gott!" Karl, Nina und Christian schauen Wilhelm erstaunt an. „Wie kommst du denn da drauf?", fragt Christian. Nun schaut Wilhelm erstaunt. „Na ja, wer sonst sieht uns aus einer höheren Warte?" Christian erwidert: „Wenn ich Gott gemeint hätte, hätte ich auch Gott gesagt. Es ist schon richtig, der ‚Narrator' ist in unserer Welt kein Mensch wie wir, aber er ist ein Mensch und kein Gott. Ich habe eine Idee. Unsere Gemeinschaft trifft sich jeden Abend vor dem Schlafengehen unter der Eiche. Zuerst tauschen wir wichtige Ereignisse aus und diskutieren über Projekte und Pläne. Wenn wir damit fertig sind oder keine Lust mehr haben, trägt einer von uns ein Märchen oder eine Geschichte vor. Es genügt jedoch nicht, irgendeine Story zu erzählen. Es muss eine Geschichte sein, die der Erzähler selbst erlebt hat oder die für ihn besonders berührend ist. Der Erzähler soll in verschlüsselter Form die Essenz seiner Handlungsmuster, den roten Faden seiner eigenen Lebensgeschichte, sein Karma vortragen. Für uns sind diese Abende sehr wichtig, denn man kann auf diese Weise ungeheuer viel lernen und verstehen. Wenn ihr an ein paar Abenden teilnehmt und auch

70

irgendwann selbst etwas erzählt, werdet ihr erkennen, wer der ‚Narrator‘ ist und wo ihr ihn findet.“

Karl schaut enttäuscht. „Heißt das, wir bleiben hier?“ „Ja!“, sagt Christian. „Manche Dinge findet man nicht durch Ortswechsel, sondern durch Aufmerksamkeit. Wenn du willst, kannst du bei mir wohnen. Es wird dir bestimmt gefallen.“ Karl lächelt und willigt ein. Dann wendet sich Christian an Wilhelm und Nina: „Wenn ihr wollt, zeige ich euch den Wagen von Shanti. Außerdem werde ich nach zusätzlichen Übernachtungsmöglichkeiten suchen.“

Vier Wagen weiter sind sie bereits bei Shantis Zuhause. Der Wagen ist verschlossen und wirkt unbewohnt. „Einfach klopfen“, meint Christian und geht. Nina ist aufgeregt. Wird gleich ihr Ex vor ihr stehen? Was soll sie sagen? Wie wird er reagieren? Zaghaft klopft sie an der Tür … Nichts, kein Geräusch. Sie klopft nochmal, diesmal kräftiger … Dann hört sie, wie der Schlüssel im Schloss bewegt wird. Shanti öffnet. „Ja bitte?“ sagt sie in misstrauischem Tonfall, als ob Nina ihr vollkommen fremd sei.

„Entschuldige bitte, dass ich unangemeldet auftauche. Wir sind zu Besuch in eurem Wagendorf und da wollte ich auch bei dir vorbeischauen. Wenn du keine Zeit hast, ist das kein Problem." Beim letzten Satz ergreift Nina Wilhelms Hand zur Unterstützung. Plötzlich klart Shantis Blick auf: „Jetzt weiß ich, wer du bist! Klar, du bist die ehemalige Freundin von Günter, meinem Ex." „Ex?", platzt Nina heraus. Shanti blickt zu Boden. „Wenn du ihn treffen willst, muss ich dich enttäuschen. Er wohnt nicht mehr hier." „Ehrlich gesagt", flüstert Nina, „bin ich ganz froh, dass er nicht hier ist." Shanti lächelt. „Ich auch! Kommt rein!"

Shanti wird immer lebendiger. „Das ist ja toll, dass du mich besuchst. Fast schon eine glückliche Fügung. Wie bist du auf diese Idee gekommen?" Sie setzen sich an den Esstisch und während Shanti Getränke eingießt, erzählt Nina eine Kurzversion ihrer Suche und ihrer Begegnung mit Christian. Nina fragt ungeduldig: „Und, was ist mit Günter? Ihr wolltet doch Kinder und Familie."

„Wir haben ein Kind, Leila ist dreieinhalb. Sie wird gleich aus dem Kindergarten kommen. Leider hat es ihr

Vater bei uns nicht ausgehalten. Als er zu mir zog, ich war bereits schwanger, fand er einen Job ganz in der Nähe bei einem Pharmaunternehmen. Er diente sich zum Abteilungsleiter hoch und mit dem Geld kamen auch Ansprüche. Er wünschte sich ein Haus mit vielen Zimmern, Garten und einer Garage für seinen SUV. Dauernd erzählte er, dass er diese Sozialromantik nicht mehr ertragen könne, dass er sich nicht mit Ökophantasten abgeben wolle und nicht im Verzicht leben müsse. Vor einem halben Jahr kam es zum finalen Streit. Er stellte mich vor die Wahl: Entweder ich folge ihm, oder er geht alleine …

Tja, ich bin noch hier!"

„Das ist aber schade", sagt Nina. „Ihr habt euch doch so geliebt und sein Kind lässt er zurück? Kinder waren ihm doch so wichtig!" „Ja schon, aber irgendwie hat er sich verändert. Ich glaube, inzwischen sind Frau und Kind für ihn nur Statussymbole, die man als erfolgreicher Mann besitzt. Und wenn die nicht richtig funktionieren, besorgt man sich was Neues. Aber das sind Spekulationen, ich kann nur für mich sprechen."

Kurze Zeit später kommt Leila in Begleitung ihrer Freundin nach Hause. Die Kinder schließen Nina sofort in ihr Herz und laden sie zum Spielen ein. Auch gegenüber Wilhelm schmilzt die anfängliche Zurückhaltung von Minute zu Minute wie Schokolade in der Sonne. Ein fröhlicher Spätnachmittag, der in Leilas Angebot gipfelt, dass Nina und Wilhelm bei ihnen übernachten sollen. Sie selbst würde dann „ausnahmsweise" bei Mama im Bett schlafen. Gegen dieses großzügige Angebot hat Shanti nichts einzuwenden.

Nach dem Abendessen geht es zur Versammlung unter der Eiche. Shanti bleibt bei Leila, während Wilhelm und Nina mit Decken und Sitzkissen ausgestattet zum Versammlungsbaum ziehen. Fast die Hälfte der Bewohner ist dort bereits eingetroffen. Karl ist auch da. Wild gestikulierend macht er auf sich aufmerksam und sitzt mal wieder in der ersten Reihe.

In der ersten Stunde wird von schulischen Ereignissen, vom Kindergarten, von behördlichen Auflagen, dem geplanten Markt und über wirtschaftliche Belange berichtet. Dann stellt Christian die Gäste offiziell vor und verkündet, dass sie die nächsten Tage bleiben werden. Die Bewohner klatschen und nicken ihnen freundlich zu. Danach kündigt Christian eine Bewohnerin an, die ein Märchen vortragen will.

Die Anwesenden applaudieren begeistert und die Kinder jubeln. Eine junge Frau, Wilhelm schätzt sie auf circa zwanzig, kommt nach vorne. Ihre Art sich zu bewegen und Ihr Outfit wirken feenhaft. Lange Haare, schlanke Figur, langes weißes, besticktes und mit farbigen Bändern versehenes Kleid. Um die Schultern ist ein einfarbiges Tuch kunstvoll drapiert. Aber das Auffälligste an dieser Feengestalt ist das Krönchen, das auf ihrem Kopf funkelt. Eine Glocke wird geläutet und die Anwesenden verstummen.

Die schöne Marie

Schon bei den ersten Worten ändert die junge Frau ihre Körperhaltung. Mimik und Gestik nehmen kindliche Formen an, ihre Stimme wird höher, piepsiger und der Wortschatz einfacher:

„Es war einmal ein kleines Mädchen, das hieß Marie. Sie war der wertvollste Schatz ihrer Eltern. Fröhlich, unbeschwert, offen, klug und vor allem war sie wunderschön. Das lange blonde Haar glänzte seidig in der Sonne und wenn sie rannte, sah es aus, als ob Engelshaare im Wind wogten. Die geschmeidigen, anmutigen Bewegungen glichen einem geheimnisvollen Tanz und ihr liebevolles, unschuldiges Lächeln brachte sogar Steine zum Schmelzen. Keiner konnte Marie böse sein. Sie strahlte Unschuld und die Reinheit ihres Herzens in die Welt hinaus. Nicht nur Erwachsene, auch die anderen Kinder zog ihr zauberhaftes Wesen in den Bann, und mit jedem Tag, den sie älter wurde, wurde sie noch schöner, noch liebreizender.

Es gab aber auch Gerede über Marie, besser gesagt, über ihre Eltern. Die Eltern waren nämlich potthässlich. Die Mutter war klein, dick und von grobschlächtiger gedrungener Figur. Ihr Gesicht mit einer viel zu großen Nase war von tiefen Falten und Narben verunstaltet. Wenn sie lachte, ließen ihr verzogener Mund und die Zahnlücken die Leute erschreckt zurückweichen. Manche hielten sie sogar für eine Hexe. Maries Vater war ein ungehobelter, stets schwitzender und stinkender Klotz. Mit seinen zerschundenen Händen, der unförmigen Gestalt und den ungeschickten, roboterhaften Bewegungen wirkte er ein bisschen wie ‚Herman Munster'aus der Adams-Family. Im Kern war ein herzliches Wesen verborgen, aber sein Gemüt war einfach und grobschlächtig. Die Leute fragten sich, wie es sein könne, dass so hässliche Eltern eine so hübsche Tochter haben konnten."

Bei diesem Satz schaut die Erzählerin geheimnisvoll und auffordernd ins Publikum, geht auf Karl zu und fragt: „Und was denken Sie? Wieso ist Marie so schön und die Eltern so hässlich?" Karl antwortet: „Weil ihre Mutter eine Hexe ist und die Marie geraubt hat?" Ein anderer Zuhörer spekuliert: „Weil Marie adoptiert wurde?" „Sie wurde von einer Fee verzaubert", meint eine junge Frau. Die unterschiedlichsten, oft überraschenden Vorschläge und Ideen werden eingesammelt. Jede Idee lässt tief in die Gedankenwelt des oder der Vorschlagenden blicken, in Vorstellungen, die so unterschiedlich wie die Lebenswege der Zuhörer sind.

Die Erzählerin fährt fort:

„Es gab viele Spekulationen. Einige Kinder ärgerten Marie mit der Behauptung, dass ihre Eltern nicht ihre wahren Eltern seien, dass sie adoptiert oder gar geraubt worden sei. Andere phantasierten, sie sei von ihren richtigen Eltern verstoßen worden, weil sie etwas Furchtbares angestellt hätte. Nun müsse sie bei hässlichen Eltern büßen. Dieses Geschwätz verletzte und verunsicherte Marie zutiefst. Im Inneren spürte sie auch, dass sie anders war. Hatten die Leute recht? Aber wer war sie? Wo war ihre richtige Heimat? Solche Fragen quälten sie bis tief in die Nacht und hinderten sie am Einschlafen."

Die Erzählerin geht durch die Reihen der Zuhörer und fragt lächelnd: „Habt ihr euch als Kind nicht auch gefragt, ob ihr wirklich das Kind eurer Eltern seid, ob euer Leben bei anderen Eltern nicht viel schöner gewesen wäre? Solche Fragen waren natürlich verbotenen." Inzwischen hinter dem Publikum angekommen, ruft die Erzählerin laut: „Verräter! Verräter! Deine Eltern lieben dich und du zweifelst an ihnen!" Im Baum krächzt eine Krähe. Dann ist es still. Die Zuhörer drehen sich — manche mit leisem Murren – um, damit sie die Erzählerin sehen können und lauschen:

„Die Eltern waren wahnsinnig stolz auf ihre wunderbare Tochter. Alle Schönheit, die ihnen fehlte, war anscheinend auf Marie übergegangen. Die Mutter kämmte ihr stundenlang das Haar, damit es noch seidiger glänzte und der Vater gab sein ganzes Geld für exquisite Kleider und Schmuck aus, damit ihre Schönheit noch mehr zur Geltung kam. Immer wieder schärften ihr die Eltern ein: ‚Deine Schönheit ist dein wertvollster Schatz. Wenn du ihn geschickt nutzt, liegt dir die Welt zu Füßen. Vielleicht lernst du einen reichen Mann kennen und führst ein Leben im Luxus? Vielleicht wirst du ein berühmtes Model oder ein Star?' Marie versetzten solche Vorstellungen in paradiesische Träume. Ihr Lieblingsmärchen war natürlich Aschenputtel. Ihre Mutter sollte immer wieder die Geschichte von dem armen Mädchen erzählen, das so schön war, dass es von einem Prinzen geheiratet wurde. Bei ihr sollte es auch ein Prinz sein, dachte Marie. Dann würde niemand mehr nach ihrer Herkunft fragen, dann wäre sie durch ihn geadelt. Damit sie der Prinz nicht nur an den Schuhen erkennen kann, begann Marie, Modemagazine zu studieren, sich zu schminken und ließ sich Strähnen ins Haar färben. Die Mutter war vom Enthusiasmus der Tochter begeistert. Gemeinsam verbrachten sie Stunden damit, neue Cremes, Lippenstifte, Haarfarben und mehr auszuprobieren. Inzwischen sah Marie wie ein Teepüppchen oder ein Kindermodel aus dem Modemagazin aus. Obwohl sie immer noch ein kleines Mädchen war, hatte sie ein künstliches und sehr erwachsenes Äußeres. Die anderen Kinder spalteten sich in zwei Lager. Die einen versuchten, Marie nachzueifern und wollten Freundinnen sein, und die anderen fanden ihr Verhalten absolut blöd und hassten sie.

Natürlich hasste Marie die Neider zurück und war stolz, wegen ihrer Schönheit gehasst zu werden.

Jahre zogen ins Land und Marie kam in die Pubertät. Da geschah etwas Furchtbares. Ihre Haut reagierte auf all die Schminke allergisch. Sie bekam Ausschläge, Ekzeme und Entzündungen. Von den Färbemitteln wurden die Haare brüchig und verloren ihren Glanz. Trotz ärztlicher Hilfe wollten die Wunden nicht heilen und hässliche Narben entstanden. Inzwischen verhüllte sie fast jeden Quadratzentimeter ihres Körpers, um die Binden, Pflaster und Verletzungen zu verbergen. Ihr Stolz, ihr ganzes Leben stürzte wie ein Kartenhaus in sich zusammen. Ohne Schönheit, ohne Bewunderung war sie ruiniert. Keine Karriere als Model, kein reicher Prinz, keiner würde sie jetzt noch beachten oder gar haben wollen. Diese Enttäuschung hinterließ ein Gefühl innerer Leere, das sie mit einem vollen Magen zu überdecken versuchte. Sobald sie Leere spürte, aß sie so lange Süßigkeiten, Schmalzgebäck und andere Leckereien, bis sie pappsatt war. Natürlich ging das aufs Gewicht. In der Schule nannte man sie jetzt die Fett-Marie. Ihre Mutter wollte trösten und erzählte, dass sie als kleines Mädchen auch schön gewesen sei und erst im Erwachsenenalter hässlich wurde. Das läge wohl in der Familie. Aber so schlimm sei es auch wieder nicht, einen hässlichen Mann zu heiraten. Damit könne man sich schon abfinden."

Die Erzählerin holt tief Luft, geht wieder nach vorn und die Zuhörer müssen sich erneut umdrehen. In die entstandene Unruhe ruft sie: „Was für ein trauriges Schicksal! Hat jemand eine Idee, was schiefgegangen ist?" Ein junger Mann meldet sich: „Man hätte ihr das Schminken verbieten müssen." Einige Frauen lachen. „Das hätte sie dann eben heimlich gemacht. Schau dir doch die Idole der Mädchen an. Prinzessin Lillifee, Barbie und so weiter. Perfekt gestylte magersüchtige Figuren mit Kussmund, Rouge auf den Bäckchen, sexy Kleidern, Glitzerfrisur und einem Pferd. Verbote bringen da nichts." Ein anderer Mann ruft: „Man hätte ihr sagen sollen, dass es nicht auf Schönheit, sondern auf innere Werte ankommt." „Und die wären?", ruft jemand aus dem Publikum. Der Mann antwortet: „Intelligenz, Loyalität, Zuverlässigkeit, Ehrlichkeit und so weiter!" „Jetzt reichts aber!", schaltet sich Nina ein.

„In euch höre ich meine Eltern reden, und die haben den Krieg miterlebt!" Vorsichtiges Lachen …

„Anscheinend hat die neue Generation die alten Sprüche der Eltern übernommen. Wertvorstellungen, die die Eltern instrumentalisiert, beliebig gedehnt, angepasst und nie ernsthaft hinterfragt haben. Von den Eltern lernte Marie, dass ihr Wert von der Beurteilung ihrer Mitmenschen abhängt. Beurteilungen, die sie zum Maßstab für ihr ‚Ich' machte. Sie wollte sich einen Wert geben, indem sie sich den Erwartungen anderer anpasste und ruinierte so ihre Einmaligkeit und subjektive Perfektion. Doch der Wert, den man sich aufgrund der Beurteilungen anderer zuschreibt, basiert auf deren subjektiven Vorstellungen und Wünschen. Ist es nicht Wahnsinn, seinen eigenen Wert an die flüchtigen Gedanken und Emotionen Fremder zu koppeln, statt ihn aus sich selbst heraus, aus dem eigenen ‚Sein' zu schöpfen?"

Die Erzählerin nimmt die Geschichte wieder auf: „Marie war so unglücklich und weinte sich nachts in den Schlaf. Als die Feen und Elfen das sahen, hatten sie Mitgefühl. Marie war bisher so unbeschwert, fast schon feenhaft und sie hatten große Freude an ihr. Nun wollten sie ihr helfen, ihre wahre Natur wiederzuentdecken. Diese Aufgabe wurde der Fee Nigella übertragen. Nigella war, ebenso wie Marie, in ihrem Ur-Sein wunderschön und unbeschwert.

Wieder einmal lag Marie weinend im Bett, als sich Nigella in ihr Zimmer zauberte. Zuerst kitzelte sie Marie an den Zehen, die erschrocken die Füße anzog und das Licht einschaltete. Mit großen Augen sah sie am Fußteil ihres Betts dieses mit Flügeln schlagende Zauberwesen. Ihre Verwunderung und Überraschung waren so groß, dass sie nicht nur ihren Schmerz, sondern auch ihre Angst vergaß.

‚Hallo Marie‘, kicherte die Fee. ‚Ich bin Nigella, die schönste Fee im Feenland.‘ Bei diesem Satz war sie so aufgeregt, dass versehentlich ein paar Sterne aus dem Feenstab sprühten. Nigella errötete, fasste den Stab fest mit beiden Händen, um ihn ruhig zu halten, und kicherte verschämt. Ihr Kichern war so ansteckend, dass Marie ebenfalls kichern musste. ‚Du bist ja lieb‘, flüsterte Marie. ‚Was machst du denn hier?‘

‚Ich bin gekommen, um dir zu helfen‘, sagte Nigella.

‚Wir Feen und Elfen beobachten dich schon lange. Wir sind der Ansicht, dass du einen Irrweg eingeschlagen hast. Nun soll ich dich wieder auf den vorgesehenen Weg zurückbringen. Ich bin schon ganz aufgeregt.' Bei diesem Satz schwang die Fee wieder versehentlich den Feenstab und herrliche rote Rosen fielen auf Maries Bettdecke. ‚Entschuldigung', stammelte Nigella. ‚Oh', sagte Marie, ‚mir tut es leid. Ich habe alles falsch gemacht und du hast jetzt Arbeit mit mir.'

Nigella japste nach Luft: ‚Du hast doch nichts falsch gemacht! …

Aber das erklärt dir am besten Golfur, der weise Zwerg. Kommst du mit mir mit? Wir besuchen ihn.'

Marie, die alles für einen Traum hielt, schaute entsetzt: ‚Aber da muss ich erst meine Eltern fragen, ob ich das darf, und ich muss in der Schule fragen, ob ich frei bekomme und meinen Freundinnen Bescheid geben und meine Koffer packen und überlegen, was ich alles brauche und …' ‚Papperlapapp!', rief Nigella. ‚Wer um Erlaubnis fragt, wird nie seinen Weg finden, sondern immer nur auf Erlaubnis warten. Einen Koffer musst du nur schleppen und am Ende verlierst du ihn sowieso.

Was du brauchst, wird zu dir kommen. Vertrau mir! Immerhin bist du mit einem Zauberwesen unterwegs.'

‚Aber werden sich meine Eltern keine Sorgen machen? Sie werden die Polizei rufen und nach mir suchen lassen.' Nigella überlegte kurz und antwortete verschmitzt: ‚Ich habe da eine Idee! Jemand anderer nimmt deinen Platz ein.'

‚Wie soll das denn gehen?', fragte Marie, als es auch schon an der Tür scharrte. Nigella und Marie schauten sich an. ‚Miau, Miau!' Nigella lachte. ‚Da kommt deine Stellvertreterin! Sie wird ihre Sache mit Sicherheit gut machen.' Sie öffnete die Tür und Maries Katze ‚Fräulein Menke' betrat den Raum und schaute die beiden auffordernd an. Nigella schwang den Feenstab und Fräulein Menke verwandelte sich mit einem Lichtblitz in Marie. Na ja, nicht ganz, sie fauchte und fletschte die Zähne, weil sie nicht verstand, was passiert war. Sie war völlig verwirrt, weil sie plötzlich viel größer war, alles anders sah und hörte und sich ganz anders anfühlte. Verstört blickte sie sich um und weitete entsetzt die Augen. Ihr hinterer Körper fehlte. Nur noch der vordere Teil und zwei Beine waren da! Zum Glück hatte die Fee

Erfahrung mit Tieren, die in Menschen verwandelt wurden, und konnte Fräulein Menke wieder beruhigen. Sie erklärte den Unterschied zwischen Katze und Mensch und verwies auf die Vorteile des Menschseins. Man kann alle Türen, auch die Kühlschranktür öffnen, man kann in Zoohandlungen so viele lebende Mäuse kaufen, wie man will. Dem frechen Nachbarskater könne sie nun mit dem Wasserschlauch eine Lektion erteilen. Nach einigem Zureden und dem Versprechen, dass sie bald wieder Katze sein dürfe, ließ sich Fräulein Menke auf das Rollenspiel ein.

Beim Gehen hatte Marie schon ein ungutes Gefühl, als sie sich selbst auf dem Bett sitzend und genüsslich ihre Arme lecken sah. Doch das weiße Pferd mit der langen Mähne, das vor der Tür auf sie wartete, machte diese Bedenken sofort vergessen.

,Das ist Fordo‘, sagte Nigella aufgeregt. ,Er bringt uns zum Zwergenland.‘ Fordo begrüßte die beiden freudig schnaubend. Sie setzten sich auf seinen Rücken und schon galoppierte er los. Immer schneller wurde der Ritt, bis Fordo plötzlich zu schweben begann.

Sie flogen hoch in die Wolken und unter ihnen zogen

Landschaften vorbei. Über Berge und Wüsten ging die Reise, bis sie auf einer Wiese in der Nähe eines Waldes landeten. Die Mädchen verabschiedeten sich mit herzlichen Umarmungen von dem Pferd, denn nun mussten sie alleine weiter.

Die Dämmerung setzte ein und Marie wurde schweigsam. Immer tiefer führte der Weg in den Wald. Ängstlich flüsterte Marie: ‚Ich habe Angst im Dunkeln und die Füße tun mir weh. Können wir nicht in ein Gasthaus gehen?' Mit ernster Stimme antwortete Nigella: ‚Gasthäuser gibt es hier nicht, aber ich kann uns mit dem Feenstab Licht machen!'"

Auch unter der Eiche ist es inzwischen dämmrig. Die Erzählerin zündet Kerzen an und verteilt kleine Laternen mit Teelichtern ans Publikum. Vom Norden her weht kalter Wind und die Zuhörer kuscheln sich in Decken.

Die Geschichte geht weiter: „Die Mädchen liefen tiefer und tiefer in den Wald. Schattenrisse, die wie Ungeheuer aussahen, und seltsame Geräusche erschreckten sie immer wieder. Die fernen Rufe eines Käuzchens machten die Stimmung noch gruseliger, und Rascheln im Unterholz sorgte für manchen Adrenalinschub. Meist kam es nur von Amseln oder Mäusen, doch als in unmittelbarer Nähe ein Wildschwein grunzte, fassten sie sich ängstlich an den Händen.

Dann stimmte Nigella laut grölend ein Lied an:

‚Wir ziehen in die weite Welt,
sind ganz ohne Angst in ihr.
Sehen nicht nur, was uns gefällt,
verrücktem Zeug begegnen wir.

Juchheißa, die große Reise,
geht mitten hinein ins Leben
und bringt auf diese Weise,
mein Herzelein zum Beben.

Wer sich dabei in die Hosen macht,
der ist auch sonst ganz ohne Kraft.

Die Welt zieht in mein Herz hinein,
ist ganz ohne Angst in mir,

90

ihr Licht erfüllt den dunklen Schrein,
erhellt den inneren Teil von mir.

Juchheißa, die große Reise,
geht mitten in mein Leben,
bringt auf diese Weise,
mein Inneres zum Schweben.

Wer sich dabei in die Hosen macht,
der ist auch sonst ganz ohne Kraft.

Der Tod zieht in meinen Körper ein,
ich grüß ihn ohne Ängstlichkeit.
Er sagt, bald wirst du mit mir sein.
Halt dich für dein End bereit.

Juchheißa, ich will leben,
bestimmt noch über hundert Jahr,
doch die Hand kann ich dir geben,
denn die Welt war wunderbar.

Wer sich dabei in die Hosen macht,
der ist auch sonst ganz ohne Kraft.'

Nachdem sich beide heiser gesungen haben, meinte Marie: ‚Wirklich beruhigend war das Lied nicht, aber es vertreibt bestimmt die wilden Tiere!‘

Lachend stapften sie weiter und der Weg wurde mühsamer. Stellenweise mussten sie sogar durch Büsche hindurchkriechen.

Plötzlich öffnete sich das Gebüsch und sie standen auf einer breiten Straße. Sie folgten der Straße und gelangten zu einer Lichtung, in deren Mitte ein kleines Dorf stand. Im Zentrum befand sich ein freier Platz mit einem Brunnen, um den herum etwa zwanzig runde Hütten im Kreis angeordnet waren. Kein Mensch war zu sehen. Nur seltsame kleine Lichter schwebten auf dem leeren Platz hin und her und bewegten sich zwischen den beleuchteten Häusern. Beim Näherkommen hörten sie leises Murmeln. Oh! Die Lichter sprechen!, dachte Marie und wollte eines fangen. Wenn es sprechen kann, müsste es auch sagen können, wer hier wohnt. Marie tat also so, als ob sie ganz harmlos umherschlendern wolle und stürzte unvermittelt mit einem Hechtsprung auf eines der Lichter. Das Licht war so überrascht, dass es zunächst nicht reagierte. Dann zog und zerrte es und versuchte zu entkommen. Marie klammerte sich mit aller Kraft fest. Eine Kinderstimme brüllte: ‚Das ist meine Laterne! Lass sie los und suche dir eine Eigene! Lass los!' Nein! Nein!"', schrie Marie zurück. ‚Ich lasse erst los, wenn du mir sagst, wer du bist!' Die Kinderstimme weinte. Inzwischen waren andere Lichter hinzugeeilt und umringten Marie und Nigella. Stimmen befahlen, dass sie das Kind in Ruhe lassen und gehen sollten. Aufgeregt stellte Nigella fest: ‚Marie, nicht die Lichter sprechen, es sind unsichtbare Wesen, die Laternen tragen.' Verdutzt ließ Marie das Licht los. Nigella schwang ihren Feenstab und eine kräftige Windböe wirbelte Staub auf. In der staubtrüben Luft sahen sie Konturen von Wesen, die ungefähr ihre Größe, Arme, Beine und einen Kopf hatten. Sie waren tatsächlich von unsichtbaren Gestalten mit Laternen umringt. ‚Warum versteckt ihr euch vor uns?', rief Nigella. ‚Wir sind ohne böse Absichten und suchen eine Herberge für die Nacht.' Sie hörten Gemurmel, dann kam eine Laterne auf sie zu und eine Frauenstimme sagte: ‚Wenn ihr versprecht, keine Lichter stehlen zu wollen, kann ich euch ein Zimmer geben.'

Nigella und Marie versprachen es hoch und heilig und

folgten dem Licht zu einem der Häuschen. Die Tür öffnete sich wie von Geisterhand und sie betraten einen hellen, gemütlichen und warmen Raum. Die Möbel und alle anderen Gegenstände waren rund oder zumindest gebogen. Ein runder Tisch, runde Stühle, runde fassförmige Schränke, runde Türen und Fenster, sogar die Zimmerdecke war kuppelförmig. Die Stimme bat zu Tisch und ein großer Löffel begann, Suppe aus dem Topf über der Feuerstelle in Holzschalen zu schöpfen. Die Holzschalen schwebten auf den Tisch. Bevor Nigella zu essen begann, beschwerte sie sich: ‚Könntest du dich wenigstens jetzt sichtbar machen? Es verunsichert mich zu tiefst, wenn ich nicht sehe, wo du bist, wie du aussiehst und was du gerade machst. Das ist unhöflich!' ‚Es tut mir leid', erwiderte die Stimme, die anscheinend nun gegenübersaß, ‚aber das kann und darf ich nicht. Glaubt mir, es ist besser so!' Marie bat noch mal: ‚Ich würde dich trotzdem gerne sehen! Was verheimlichst du?'

Die Stimme erklärte: ‚Wir sind sehr, sehr hässliche Wesen. Und weil wir uns für unser Aussehen schämen, haben wir uns von einem Zauberer unsichtbar machen lassen. Dafür zahlen wir ihm jährlich eine erhebliche Summe. Aber das ist es uns Wert. Die Unsichtbarkeit ermöglicht ein zufriedenes Leben. Wir müssen uns nicht schämen oder Angst haben, dass sich jemand über unser Aussehen lustig macht oder uns verletzt. Natürlich bringt Unsichtbarkeit auch Probleme mit sich. Anfangs rannten wir uns gegenseitig um. Nie wussten wir, wo die anderen waren, ob überhaupt noch jemand in der Nähe war, und wenn ja, wer. Es war chaotisch und wir wurden immer einsamer. Doch dann hatten wir die Idee mit der Laterne. Jeder Einwohner verpflichtete sich, mit einer Laterne herumzulaufen. Nun können wir erkennen, ob und wer in unserer Nähe ist. Es hat nämlich jeder eine individuelle Laterne mit unterschiedlichen Lichtfarben, Lichtformen und Helligkeiten.

Marie sagte traurig: ‚Ach, ich wäre auch gerne nur noch ein Licht. Dann würde mich niemand mehr Fett-Marie nennen und über mich lachen.‘ ‚Na ja‘, sagte die Stimme. ‚Über Aussehen urteilen wir nicht, aber darüber, wie geschickt jemand mit seiner Laterne umgeht, wie elegant er sie beim Gehen schwingen lässt oder wie gleichmäßig er das Licht brennen lässt. Das sind für uns jetzt die wichtigen Dinge.' Die Beiden schwiegen betreten. Dann fuhr die Stimme fort: ,Entschuldigung, ich habe mich noch gar nicht vorgestellt. Ich bin Velanda. Namen verlieren bei uns zunehmend an Bedeutung. Es könnte ja sein, dass die anderen den Namen hässlich finden, deshalb reden wir uns meist nur noch ohne Namen an.' Nigella versicherte, dass Velanda ein sehr schöner Name sei und ihr diese Geschichte mit der Hässlichkeit höchst seltsam vorkäme. Es gäbe schließlich auch seltsam aussehende Tiere, die wir vielleicht hässlich, die sich untereinander aber schön finden. Schönheit sei doch eine Frage des Geschmacks.

Velanda erzählte, wie alles begann:

Als die Zeiten noch golden waren und der Wald genug Nahrung bereitstellte, lebte unser Volk zufrieden und glücklich. Da tauchte ein fremder Zauberer auf. Er war von oben bis unten in Tücher gehüllt. Auf dem Kopf trug er einen spitzen Hut und im Gesicht eine Maske. Als er uns erblickte, warf er sich zu Boden und rief: ,Ihr Teufel aus der Hölle, bitte verschont mich! Geht mir aus den Augen, ich kann euren Anblick nicht ertragen!' Er jammerte und weinte herzzerreißend. Wir fragten, warum er solche Angst habe? Da presste er hervor: ,Ihr seid die hässlichsten Wesen, die ich je gesehen habe. Niemand auf der ganzen Welt ist so hässlich wie ihr.' Das hat uns tief getroffen und wir begannen uns gegenseitig genauer zu betrachten. Bisher war uns nichts Ungewöhnliches an uns aufgefallen. Einige begannen mehr auf Kleidung und Schmuck zu achten, manche ließen sich mit Tattoos aufhübschen. Doch jedes Mal, wenn der Zauberer eine oder einen von uns sah, fiel er zu Boden und jammerte, man solle ihm aus den Augen gehen. Wir seien einfach zu hässlich. Da helfe weder Schmuck noch Kleidung, nicht einmal Schönheitsoperationen könnten an dieser Hässlichkeit etwas ändern. Es gäbe nur eine Lösung: Nicht gesehen werden! Unsichtbarkeit!

Anfangs hielten wir seine Behauptung für blanken Unsinn. Gut, wir lebten abgeschieden und kannten sonst niemanden. Der Gedanke aber, dass wir viel hässlicher als andere seien, kreiste unablässig in unseren Köpfen. Was wäre, wenn der Zauberer wirklich recht hatte? Was wäre, wenn man uns entdecken und verbreiten würde, dass wir das hässlichste Volk der ganzen Erde seien? Würde man uns wie wilde Tiere einfangen und als Zirkusattraktion umherreichen?

Allmählich kippte die Stimmung und wir wurden uns selbst gegenüber immer kritischer. Jede vermeintliche Abweichung von der Norm, wie auch immer diese Norm sein mochte, verhüllten oder überschminkten wir sorgfältig. Allmählich entstand ein fast schon hysterischer Schönheits- und Jugendwahn. Doch je mehr wir uns verhüllten, desto größer wurde unsere Scham. Bald war die ganze Bevölkerung völlig entnervt und wir entsandten eine Delegation, die den Zauberer um Hilfe bitten sollte. Eine kleine Gruppe zog mit Glockengeläut zum Einsiedlerhof des Zauberers, der ihm abseits des Dorfes zur Verfügung gestellt worden war. Das Geläut sollte ihm genug Zeit geben, seine Augen zu verbinden. Er empfing die Abgesandten vor dem Haus, damit das Innere des Gebäudes nicht mit Hässlichkeit kontaminiert wurde. Mitfühlend hörte er sich die Bitten der Delegierten an und erbarmte sich schließlich zu dem Versprechen, jeden Einwohner des Dorfs für ein Jahr unsichtbar zu machen. Natürlich gegen einen angemessenen Geldbetrag.

In der Dorfkirche wurde eine Kabine errichtet, die durch einen schweren Vorhang in zwei Hälften geteilt war. Auf der einen Seite saß der Zauberer, auf der anderen der jeweilige Bittsteller. Jeder Bewohner ging einzeln in die Kabine und gestand reumütig seine Hässlichkeit. Dann reichte er oder sie die vereinbarte Geldsumme durch den Vorhang, der Zauberer versicherte noch einmal, wie verkehrt und unerträglich die jeweilige Person sei und machte sie schließlich – in seiner unendlichen Gnade – für ein Jahr unsichtbar.

‚So geht das seit vielen Jahren. Jedes Jahr erhöht sich der Preis etwas. Inzwischen können viele von uns das nötige Geld nicht mehr auftreiben und sind hoch verschuldet.‘

Nigella wiegt den Kopf: ‚Ich werde das Gefühl nicht los, dass ihr einem Betrüger aufsitzt. Ich würde zu gerne wissen, ob du wirklich so hässlich bist und wer dieser Zauberer ist.' ‚Auf keinen Fall!', ruft Velanda. ‚Wenn du mich sehen würdest, müsstest du unerträgliche Schmerzen leiden und ich müsste vor Scham sterben!' Nigella überlegte: ‚Ich habe eine Idee! Wir sind auf der Reise zu dem Zwerg Golfur. Er ist sehr klug und verfügt über Zauberkräfte. Komm mit, er wird für euch eine bessere Lösung finden.'

Am nächsten Morgen wartete ein fürstliches Frühstück auf die Mädchen. Während sie beherzt zugriffen, kam Velanda mit zwei weiteren Lichtern zur Tür herein. Sie stellte den Bürgermeister und seinen Berater vor. Beide waren von der Idee, den Zwerg aufzusuchen, begeistert. Velanda sollte gleich ihre Sachen packen und mitgehen. Als sie das Dorf verließen, war die Straße mit fröhlich tanzenden Lichtern gesäumt und die Glückwünsche und Dankesrufe hallten lange nach.

Nach stundenlangem Fußmarsch verengt sich die Straße zu einem schmalen Trampelpfad. Dieser verlor sich bald im Gestrüpp. Velanda sagte ängstlich: ‚Hier beginnt das verbotene Land. Von da kam bisher keiner zurück.' Nigella und Marie nahmen sie in ihre Mitte und arbeiteten sich, ihr Lied grölend, durchs Dickicht. Plötzlich packte eine Liane Nigellas Feenstab, eine andere Velandas Laterne, und beides verschwand spurlos zwischen den Blättern. Der Angriff war so überraschend, dass die Mädchen nicht reagieren konnten und nur verdutzt umherblickten. Weitere Lianen sausten von allen Seiten aus den Bäumen, packten Nigella und Marie an Armen und Beinen und fesselten sie. Velanda blieb unbehelligt, da sie auch für die Lianen unsichtbar war. Nigella und Marie zogen und zerrten mit aller Kraft an ihren Fesseln, doch je mehr sie zogen, umso fester wurden die Lianen und drohten, sie auseinanderzureißen. Zwischen den Blättern tauchten plötzlich kleine Wesen auf. Sie hatten furchterregende, spitze Zähne, große Augen ohne Lieder, Fledermausnasen und viel zu große unförmige Köpfe auf schmächtigen Körpern. Lachend und feixend hüpften sie umher und der Sabber lief ihnen aus dem Mund. Sie riefen: ,Was für köstliche Braten haben wir denn da gefangen? Ihr seht so lecker aus!' Immer mehr dieser seltsamen Wesen kamen hinzu. Sie banden die Mädchen wie erlegte Schweine an Stangen und trugen sie mit lautem

Getöse in ihr Lager. Die Wesen lebten in Bäumen. Überall zwischen Ästen hingen Netze, Plattformen und kleine Hütten, die mit Leitern und Stegen aus Lianen verbunden waren. Zeternd, grunzend, quiekend und schmatzend tollten hunderte dieser fürchterlichen kleinen Dinger umher, Kinder, Frauen, Männer, und sie machten bei all ihren Aktivitäten unanständige ekelerregende Geräusche. Die Mädchen wurden in Körbe gesperrt und diese in einen Baumwipfel gehängt.

‚Oh Marie!‘, flüsterte Nigella. ‚Das tut mir so leid! Ich soll dich beschützen und bin nun selber Gefangene. Meine Großmutter hatte mich schon als kleines Kind vor diesen Wesen gewarnt. Sie nannte sie Schmoggels. Halb Tier, halb Mensch ist ihr einziges Interesse, ihr einziges Lebensziel, möglichst viel zu fressen. Sie sind unersättlich. Nichts und niemand ist vor ihrer Gier sicher. Am liebsten fressen sie Feen und Menschen. Wenn sie gar nichts anderes finden, fressen sie sich auch mal gegenseitig. Hätte ich doch bloß den Feenstab! Ohne ihn bin ich machtlos.‘

Als die Nacht hereinbrach, wurde es allmählich still im Lager der Schmoggels. Sie verschwanden in den Hütten und bald waren nur noch lautes Schnarchen und Schmatzen im Schlaf zu hören. Wahrscheinlich träumten sie von dem Festbankett, das die schöne Fee und das dicke Mädchen abgeben würden."

Die Erzählerin unterbricht und zieht ein langes Seil aus einer bemalten Kiste. Das Seilende gibt sie einem Zuhörer, der vorn außen sitzt, und bittet ihn, das Ende weiterzureichen. Das Publikum zieht das Seil durch die Reihen, bis es beim letzten Zuhörer angelangt ist. Nun sind alle verbunden. Dann holt sie Speisekarten aus der Kiste und verteilt sie. Auf den Speisekarten stehen folgende Gerichte:

Schweinebäckchen in Rotweinsoße, dazu Servietten-knödel und Rotkraut
Froschschenkel in Riesling auf Elsässische Art mit Weißbrot
Wildente in ihrem eigenen Blut, dazu schwäbische Knöpfle
Kalbshirn-Salat mit Spargelspitzen

Feen-Flügel-Salat auf Rucola-Bett und Balsamico
Dressing
Gefülltes Marien-Schnitzel mit jungem Gemüse und
Krevetten

„Na? Läuft da einem nicht das Wasser im Munde zusammen?", ruft die Erzählerin ins Publikum. „So war
es auch bei den Schmoggels." Auf der Kiste sitzend
fährt sie fort:

„Je länger die Mädchen über ihre baldige Schlachtung
nachdachten, desto verzweifelter wurden sie. ‚So geht
es also den Tieren', sagte Marie. Plötzlich kam Nigellas
Korb ins Schwingen. ‚Ich bin's!', flüsterte Velanda,
und Nigellas Feenstab schwebte Richtung Korb. ‚Gott
sei Dank, Velanda! Schnell, gib mir den Feenstab!'
Beim nächsten Schwingen streckte Nigella, soweit sie
konnte, ihren Arm durchs Gitter und bekam den Stab
zu fassen. Ein kurzer Freudenschrei und schon sauste
ein Lichtstrahl aus dem Stab, der ein Loch in das Ge-
flecht brannte. Nigella kroch hindurch und schwang
den Feenstab erneut. Diesmal sprühte ein Schwarm
Sterne in den Nachthimmel. Dann rief sie: ‚Schnell,

Velanda, komm zu mir in den Korb, wir lassen uns retten!'

Velanda kletterte zu Nigella und flüsterte: ,Wir müssen mein Licht noch holen!' Im selben Moment wurde es stockfinster und die Sterne verschwanden. Ein durchdringender Vogelschrei ertönte wie Donnerhall über ihren Köpfen. In den Hütten gingen Lichter an und die Schmoggels wurden mucksmäuschenstill.

Dann rauschte es in den Baumkronen, als ob Sturm aufgekommen wäre, und zwei riesige Krallen packten die beiden Körbe. Ein kräftiger Ruck, die Lianen rissen entzwei und die Körbe flogen hoch in die Lüfte. Erst jetzt konnten sie die wahren Ausmaße des Greifs erkennen. ,Habt keine Angst', flötete Nigella in den Sturmwind. ,Das ist Papa. Immer wenn ich Mist baue, kommt er und rettet mich.'

Auf einer Anhöhe landete der Vogel und stellte behutsam die Körbe ab. Eine leuchtende Kugel umhüllte den riesigen Vogel. Die Kugel löste sich auf und ein wunderschöner Elf in langen weißen Gewändern stand vor ihnen. ,Nigella!', sagte er. ,Was lässt du mit dir machen? Lässt dir den Feenstab wegnehmen und dich beinahe zu

Gulasch verarbeiten. Wenn du nicht achtsamer wirst, darfst du nicht mehr in der Welt wirken.'

‚Entschuldigung', stammelte Nigella. ‚Ich wollte alles alleine schaffen und habe mir zu viel zugetraut.'

Der Elf entgegnete: ‚Ich hoffe, dass es dir eine Lehre ist! Ich will nicht ständig auf dich aufpassen oder dich retten müssen!' Nigella zeigte ihre Hände und sagte: ‚Das wird nicht nochmal passieren! Ganz ehrlich!'

Der Elf lächelte: ‚Nur aus Fehlern kann man lernen, aber sei bitte vorsichtiger!' Dann verwandelte er sich in einen Vogel zurück, dieses Mal in einen Adler normaler Größe, und flog davon.

Nach einer längeren Pause, in der sie ihren Schrecken verarbeiteten, setzten die drei ihre Reise fort und wanderten im Mondlicht über die Hochebene. Velanda jammerte still vor sich hin, wie schlimm es sei, dass sie kein Licht mehr habe und nun wahrscheinlich selbst bald verlöschen würde. Wenn sie keiner mehr wahrnimmt, sei sie nur noch ein halber Mensch."

Die Erzählerin bläst um sich herum die Kerzen aus und ist nur noch als Schattenriss erkennbar. Dann sagt sie in theatralischem Tonfall: „Habt Ihr es schon erlebt, dass Ihr nicht wahrgenommen wurdet? In der Fußgängerzone oder auf einem Fest hat Euch keiner angeschaut, keiner sprach mit Euch, keiner wich Euch aus. Als ob Ihr Luft wärt. In solchen Zeiten dauert es meist nicht lange, und man beachtet sich selbst auch nicht mehr. Schmerz? Egal, der verschwindet wieder. Einsamkeit? Unwichtig, daran gewöhnt man sich. Im selben Maße, in dem die eigene Präsenz verschwindet, verschwinden auch momentane Bedürfnisse. Das Leben findet nur noch in der Zukunft oder in der Vergangenheit, also in Gedanken, statt. Löst sich unsere Existenz im Jetzt auf, wenn wir nur noch in unseren Gedanken leben?"

Dann fährt die Erzählerin mit der Geschichte fort: „Zwischenzeitlich brach ein neuer Tag auf der Hochebene an. Morgenröte verkündete dem noch schlafenden Himmel die Ankunft der Sonne. Ihr Gold floss allmählich in das Rot und mischte sich zu zartem Grün und Violett. Langsam, aber unaufhaltsam, schob sich die Königin des Lichts in den Farbensee und ihre Strahlen tauchten die Silhouette einer fernen Ansiedlung in gleißendes Licht. Inmitten dieser Ansiedlung stand ein

Turm mit goldener, seidig glänzender Kuppel. Das Dorf erwachte und Wesen, die wie Menschen aussahen, kamen aus ihren Häusern. Jede und Jeder trug ein Krönchen auf dem Haupt, hatte eine kunstvolle Frisur und war prächtig mit Kettchen, Ringen, Reifen und modischen Accessoires geschmückt. Bunte Bänder und Tücher waren ihre einzige und sehr freizügige Körperbedeckung. Mit hoch erhobenem Haupt stolzierten sie anmutig und einander freundlich zulächelnd durch die Straßen. Als sie Nigella und Marie erblickten, winkten sie ihnen mit königlichen Gesten zu. Eine etwas reifere Dame sprach sie an: ‚Kinder, warum versteckt ihr euch unter all dem Stoff und habt keine Krone? Ihr seid so wunderschön! Lasst eure Schönheit in die Welt erstrahlen!' Marie erwiderte: ‚Danke für das Kompliment, aber mir ist es peinlich, fast nackt herumzulaufen. Ich bin viel zu dick!' Die Dame rang überrascht nach Worten. ‚Ich verstehe nicht, was du meinst. Ist es nicht peinlich, sich zu verbergen und unkenntlich zu machen? So gerne würde ich dein wahres Aussehen und dein wahres Wesen erblicken. Nichts ist an dir verkehrt.'

Plötzlich zog und zerrte es an Maries Arm. Als sie nicht

gleich reagierte, zwickte Velanda. ‚Autsch!‘, schrie Marie. Nigella verstand den Hinweis und fragte, ob sie sich hier irgendwo ausruhen könnten. Sie hätten eine furchtbare Nacht hinter sich und müssten erst mit der neuen Situation zurechtkommen. Die Dame geleitete sie in ein Gasthaus.

Kaum sind die Mädchen allein im Zimmer, platzte es aus Velanda heraus: ‚Das glaube ich einfach nicht! Wisst ihr, wie die alle aussehen? Die sehen genauso aus wie wir! Wieso seid ihr von ihrer Hässlichkeit nicht geblendet worden und krümmt euch nicht vor Schmerz?‘ Marie und Nigella schauen sich verständnislos an. ‚Soll das heißen, du siehst wie die aus?‘ ‚Ja! Ja!‘, ruft Velanda. ‚Aber dann bist du doch nicht hässlich, sondern schön!‘ Betretenes Schweigen … Kleinlaut meinte Velanda: ‚Aber ich bin doch anders als ihr, habe keine Flügel, habe kurze dunkle Haare, meine Haut ist dunkler und …‘ Nigella unterbrach: ‚So wie die, und sie sind wunderschön! Velanda, was ist mit dir?‘ Sie hörten Velanda weinen. Nigella beruhigte: ‚Ich werde jetzt den Wirt fragen, woher sein Volk stammt und wieso alle so stolz auf ihre Schönheit sind.‘

Nach dem Frischmachen gehen die Mädchen in die Gaststube. Der Wirt, ein gutaussehender muskulöser junger Mann mit braungebrannter Haut, dunklen langen Haaren und Lederstirnband behandelte die Mädchen argwöhnisch und zurückhaltend. Auf ihre Nachfrage brummelte er: ‚Wenn jemand seinen Körper maskiert, führt er was im Schilde.‘ Dann kam seine Frau hinzu und bot den Mädchen an, ihre Kleidung an die hiesigen Gepflogenheiten anzupassen. Gemeinsam gingen sie in ihre Privaträume und sie lieh ihnen Schmuck und Tücher.

Für Nigella war es das reinste Paradies. Begeistert lachend und kichernd entkleidete sie sich und probierte alles, was der Schmuckschrank hergab. Mit Ketten, Seidentüchern, Ohrringen, bunten Bändern, Glöckchen, Armreifen, Lederriemen, Federn, und vielem mehr verwandelte sie sich in eine wahrhaft feenhafte Göttin. Marie hingegen weigerte sich, ihren mühsam eingebunden Körper zu entblößen.

Währenddessen erzählte die Wirtsfrau die Geschichte ihres Volkes. Sie berichtete, dass ihre Vorfahren vor vielen Jahren über das Meer kamen. Sie verließen ihre alte Heimat und wollten neues Land besiedeln. Doch das war schwieriger als gedacht. Überall, wo sie hinkamen, wurden sie vertrieben. Nach einer langen Odyssee mussten sie hierher auf die Hochebene fliehen. Die steinige unwirtliche Hochebene beanspruchte keiner. Doch sie fanden ausreichend Wasser und konnten mit viel Anstrengung und Fleiß das Land urbar machen. Eines Tages kam es zum Streit unter den Siedlern und sie teilten sich in zwei Gruppen auf. Die einen blieben vor Ort und die andere Gruppe zog weiter. Wohin die zweite Gruppe ging und ob noch jemand von ihnen am Leben war, war ihnen unbekannt. Keiner habe jemals wieder etwas von ihnen gehört.

Irgendwann tauchte ein Zauberer auf. Er behauptete, dass er aus einem fernen Land käme und, wie wir, einen Platz zum Leben suche. Er fiel vor uns zu Boden, küsste die Erde und sagte, welch wunderbarer Anblick wir wären. Gesegnet wäre der Erdboden, den unsere Füße berühren, gesegnet wären die Augen, die uns erblicken dürfen. Wir wären die wunderschönsten und liebreizendsten Wesen, die es auf der ganzen Welt gäbe. Und er hätte schon viele Wesen gesehen!

Anfangs lachten wir: So ein Schaumschläger! Aber er ließ mit den Lobpreisungen nicht nach. Ein paar Monate später begannen auch wir uns mit anderen Augen zu betrachten. Schönheit ist bekanntlich subjektiv. Warum sollten wir uns negativ beurteilen? Jeder sieht zwar ein bisschen anders aus, aber ist anders auszusehen etwas Schlechtes? Was ist der Maßstab? Wir beschlossen, dass in Zukunft jeder das Recht und die Freiheit haben soll, seinen eigenen Maßstab zu setzen und sich als den schönsten Menschen der Erde bezeichnen dürfe.

Anfangs hat das nicht viel verändert. Zwar wagten wir es nicht mehr, über das Aussehen anderer schlecht zu urteilen, aber uns selbst sahen wir nach wie vor kritisch. Doch dieser Zauberer! Wenn er durch die Straße lief, strahlte er und lachte aus vollem Herzen vor lauter Freude. Bei jeder Begegnung schwärmte er über die wunderbare Anmut und Schönheit seines Gegenübers. Meine Freundin gestand mir, dass sie manchmal absichtlich dem Zauberer über den Weg lief, um in seinen Komplimenten zu baden.

Nach und nach wurde die Stimmung im Dorf positiver und freundlicher. Die Menschen begannen sich gegenseitig Komplimente zu machen. Erst nur aus Spaß, doch das Spiel fand immer mehr Anhänger und wurde immer weitergetrieben. Es entstand ein Komplimentewettbewerb. Bald fanden wir es auch lustig, Komplimente zu provozieren, indem wir unsere Individualität möglichst stark zum Ausdruck brachten. Es ging hierbei nicht um Schönheit im klassischen Sinn, sondern um die zur Schaustellung und Preisgabe der individuellen Persönlichkeit. Nach einigen Jahren färbte dies auf unsere Selbsteinschätzung ab. Wir wurden immer selbstbewusster und sind inzwischen äußerst stolz auf unsere individuelle Schönheit. Wir halten unsere Einmaligkeit und die der anderen für das wertvollste Gut, das es geben kann.

Nach diesem durchschlagenden Erfolg brauchten wir den Zauberer nicht mehr. Seine Komplimente waren nichts Besonderes mehr und wir verloren das Interesse. Es gab keinen Grund, ihn weiterhin zu versorgen, und er sollte, wie alle, für seinen Unterhalt selbst aufkommen. Das verärgerte ihn so sehr, dass er uns schimpfend und fluchend verließ.'

‚Aber was ist mit dir, Marie?', fragte die Wirtin. ‚Warum versteckst du dich?' ‚Oh', antwortete Marie. ‚Ich war früher auch schön, aber Krankheiten haben mich entstellt. Jetzt schäme ich mich für mein Aussehen.' Die Wirtin blickte ihr tief in die Augen. ‚Sind Krankheiten nicht auch Teil deiner Persönlichkeit? Ohne sie wäre dein Leben ganz anders verlaufen. Die Lebensgeschichte, Handlungen, Erlebnisse und Umstände, sind genauso Teil eines Menschen wie sein Körper, sein Verstand oder seine Gedanken. Alles bedingt sich gegenseitig und hängt untrennbar zusammen. Sie machen den Menschen zu dem, der er ist. Nichts davon darf fehlen. Du solltest Krankheiten ebenso anerkennen wie Erfolge oder Fähigkeiten. Sie sind genauso wichtig und machen dich einmalig.'

‚Mag schon sein', sagte Marie, ‚aber die anderen sehen das anders. In der Schule werde ich Fett-Marie genannt.' Die Wirtin seufzte: ‚Ja, so war es bei uns auch, als wir uns noch selbst hassten. Wer sich selbst verurteilt, verurteilt auch andere, und wer von anderen verurteilt wird, verurteilt sich selbst. Ein Teufelskreis. Dieses Verurteilen kann man nicht einfach ablegen, aber man kann es abtrainieren, den Kreis durchbrechen. Überwinde deine Scham und deine Angst! Konzentriere dich darauf, nichts zu bewerten. Sag Ja zu dem, was in deinem Leben war und ist, zeige es offen und nimm es an. Oft leugnen, beschönigen oder verbergen wir, was wir selbst nicht gut finden. Doch das ändert nichts. Es sind nur untaugliche Fluchtversuche vor möglichem Schmerz. Solange wir auf diesen möglichen Schmerz warten, sind wir hilflos und fühlen uns ohnmächtig. Erst wenn der Schmerz da ist, können wir ihn bezwingen.

Zeig, wer du wirklich bist, dann wirst du ganz, dann wächst du über dich und über alle Schmerzen hinaus. Was hast du schon zu verlieren, außer Illusionen und Ängste? Sie sind es, die dich vom Leben abhalten.'

Zum ersten Mal nach Jahren entschloss sich Marie, ihr Kopftuch abzunehmen und ihr Gesicht zu zeigen. Tränen liefen über ihre Wangen und Nigella musste ebenfalls weinen. Die Wirtin strahlte: ,So ein hübsches

Gesicht! Komm, jetzt gehen wir in die Gaststube.' In der Gaststube wurden die Mädchen mit Beifall und Komplimenten empfangen. Obwohl die Gäste mit ihnen reden und feiern wollten, nahmen sie das Essen auf dem Zimmer zu sich. Sie wollten es mit Velanda, die immer noch im Verborgenen geblieben ist, teilen.

Im Zimmer war Velandas Redeschwall kaum noch zu stoppen: ‚Wahnsinn! Dieser Zauberer hat uns all die Jahre belogen und betrogen! Er hat unser Selbstvertrauen bis ins Mark erschüttert, um sich zu bereichern und Macht auszuüben! Und wir fallen darauf rein! Wir gehen in Sack und Asche, reduzieren uns selbst zu kleinen Lichtern. Wir, die gleichen Menschen, die hier Prinzessinnen und Könige sind. Wie konnten wir das mit uns machen lassen? Wie konnten wir so dämlich sein?' Nigella fragte: ‚Was lernst du daraus?' Velanda rief: ‚Wir müssen sofort diesen Zauber auflösen! Ich will endlich wissen, wer ich bin! Gleich morgen gehen wir zu Golfur, damit er mich sichtbar macht.' Marie kommentierte lakonisch: ‚Irgendwie schade. Ich habe mich schon so an deine unsichtbare Begleitung gewöhnt. Mit Unsichtbarkeit kann man vielen Problemen aus dem Weg gehen.'

Am nächsten Morgen brachen die drei Mädchen in aller Frühe auf. Nach ein paar Stunden Fußmarsch kamen sie in ein von Zwergen bewohntes Tal. Die Zwerge schienen sich in ihrer Geschäftigkeit wahnsinnig wichtig zu nehmen und sahen dabei so putzig aus. Als Marie einen Zwerg, der gerade im Garten Unkraut jätete, nach dem Weg fragte, ließ der sofort alles stehen und liegen, sprang begeistert über den Gartenzaun und erklärte wild gestikulierend und ausführlichst den Weg. Als Draufgabe ritzte er mit einer Hacke eine Wegskizze in den Boden. Dank dieser genauen Beschreibung fanden sie bald die Residenz von Golfur.

Sein Zuhause war in eine natürliche Höhle gebaut. Nur die Front des Gebäudes konnte man sehen. Die tatsächliche Größe der im Berg liegenden Residenz blieb im Verborgenen. Neben dem stattlichen Eingang befand sich ein Seil. Nigella zog kräftig und ein mächtiger Gong schallte aus dem Inneren. Kurz darauf wurde die Türe von einem jugendlich aussehenden Zwerg geöffnet. Nigella sagte unsicher: ‚Wir sind aus einem fernen Land und bitten Herrn Golfur um eine Audienz.‘ ‚Kommen Sie nur‘, antwortete der Zwerg sehr freundlich, ‚so netten Besuch hatte ich schon lange nicht mehr.‘

Er führte die Mädchen in einen hellen Saal mit riesigen Fensterfronten, die bis zum Boden reichten. Sie gaben einen herrlichen Blick über das Tal frei. Freundlich lächelnd stellte sich der junge Zwerg als Golfur vor, umarmte zuerst Nigella, dann Marie und – völlig überraschend – auch Velanda. ‚Bin ich für Sie sichtbar?‘, platzte Velanda heraus. Golfur lächelte verschmitzt: ‚Ich kann auch das erkennen, was ich nicht sehen soll. Nehmen Sie doch Platz, meine Damen. Ich bringe Getränke.‘ Golfur lauschte andächtig den Erzählungen der Mädchen und fragte immer wieder genau nach. Meist entlarvte er Beschönigungen oder Ablenkungen sofort und traf, wie man so schön sagt, den Nagel auf den Kopf. Abschließend behauptete er, dass ihre gemeinsame Reise kein Zufall sei: Nigella, die schönste Fee vom Feenland, Velanda, die ihre Schönheit nie gesehen hat, und Marie, die ihre Schönheit gefunden, aber wieder verloren hat. ‚Eigentlich seid ihr alle drei unsichtbar', feixte Golfur. Nigella und Marie würden sich mit ihrer Kleidung kostümieren und Velandas Unsichtbarkeit sei auch eine Maskerade. Keine zeige ihr wahres ‚Sein'. Sie würden es verschämt verbergen."

Die Erzählerin hält inne und fixiert das Publikum mit durchdringenden Blicken. „Ich sehe jedem von euch direkt ins Herz", sagt sie mit fester Stimme. „Wie fühlt sich das an?" Karl ruft: „Ich will das nicht! Ich will nicht!" Die Erzählerin lächelt und fragt: „Warum? Schämst du dich für das, was in deinem Herzen ist?" Dann ruft sie mit donnernder Stimme: „Und der Himmel entwich wie ein zusammengerolltes Buch; und alle Berge und Inseln wurden bewegt aus ihren Orten und die Könige auf Erden und die Großen und die Reichen und die Hauptleute und die Gewaltigen und alle Knechte und alle Freien verbargen sich in den Klüften und Felsen an den Bergen und sprachen zu den Bergen und Felsen: ‚Fallet über uns und verberget uns vor dem Angesichte dessen, der auf dem Stuhl sitzt und vor dem Zorn des Lammes.' „Das ist die Apokalypse", kommentiert die Erzählerin: „Der Herr sieht in eure Herzen.

Aber richtet wirklich Er eure Schuld? Ist wirklich Er zornig? Oder richtet ihr euch selbst?" Raunen geht durchs Publikum. „Vor wem versteckt ihr euch? Vor Gott? Vor euch selbst? Wovor beschützen euch die Verkleidungen, die Maskeraden, die Ignoranz?" Das Publikum ist stumm, dann erzählt sie weiter:

„Nach dem Gespräch bat Golfur die Mädchen, gemeinsam mit ihm, tiefer in den Berg hineinzugehen. Sie folgten ihm in einen kahlen, hell getünchten Gang, der vor einer Tür endete. Hinter der Tür befand sich ein Quergang, der ebenso kahl und eintönig war. Der Gang hatte in gleichen Abständen links und rechts Türen, die alle exakt gleich aussahen. ‚Wählt eine Tür aus und geht hindurch‘, sagte Golfur. Wenn ihr sie öffnet, seht ihr zunächst nur einen zufälligen Ausschnitt einer Landschaft, eines Raumes oder eines Ereignisses. Ihr könnt nicht erahnen, was dort auf euch wartet. Achtet also nicht so sehr auf das, was ihr seht, sondern auf die Zustimmung eures Herzens. Sobald die Tür durchschritten ist, gibt es kein Zurück mehr. Die Tür wird für immer verschwinden.‘

Die drei öffneten mal diese, mal jene Tür. Golfur hatte recht. Meist lag hinter der Tür ein Wald, eine Wiese, ein Berg, manchmal mit Tieren, manchmal mit einem Dorf, nichts Aussagekräftiges. Es gab auch Türen, die in ein Zimmer, Schloss, Kellergewölbe oder in eine Höhle führten. Bei manchen Türen waren die drei kurz davor, hindurchzugehen, wagten es aber doch nicht.

‚Wir können uns nicht entscheiden‘, sagte Marie. Bitte geben Sie uns einen Hinweis für die richtige Tür. Oder ist es etwa egal, welche wir nehmen?‘ Golfur lachte. ‚Es gibt für jede von euch nur eine Tür, die richtig ist. Aber niemand kann sie nennen. Ihr könnt nur selbst die richtige finden.‘ ‚Gut‘, sagte Velanda, ‚dann lassen wir das mit den Türen. Wir gehen zurück.‘ Wieder lachte Golfur: ‚Welche Tür führt zurück?‘ Golfur hatte schon wieder recht. Alle Türen sahen gleich aus und der Gang schien keinen Anfang und kein Ende zu haben. Es war unmöglich die Tür, durch die sie gekommen waren, wiederzuerkennen.

Marie maulte verärgert: ‚So ein blödes Spiel! Ich will in meine Welt zurück!‘ Golfur antwortete: ‚Jede Tür führt in deine Welt. Aber du betrittst sie aus einem anderen Blickwinkel, aus einer anderen Warte. Der

Blickwinkel ändert alles. Er bestimmt, wie du in die Welt gehst und das wiederum bestimmt dein ganzes Leben.'

Velanda sah hinter einer der Türen ihr Dorf. Der friedliche Anblick versetzte ihrem Herzen einen Stich und ihre Sehnsucht zog sie wie ein Magnet in die Szenerie. Ein Schritt durch die Tür und sie stand inmitten der Heimat auf dem Dorfplatz. Als sie zurückblickte, waren die Tür, das Haus, Golfur, Nigella und Marie verschwunden. Das Erstaunlichste aber war, dass sie sich selbst sehen konnte. Nach Jahren der Unsichtbarkeit konnte sie endlich wieder ihren Körper wahrnehmen. Und was sie sah, war unglaublich. Sie war eine wunderschöne Frau geworden. In ihrer Anmut stand sie Nigella, Marie und den Frauen aus dem Nachbardorf in nichts nach. Im Gegenteil, wenn sie eine Krone aufgesetzt hätte, wäre sie sogar von den größten Neidern klaglos als Königin anerkannt worden. Stolz und strahlend stand sie da. Sofort scharten sich kleine Lichter um sie herum. Plötzlich rief eine Stimme: ‚Ist das nicht Velanda, unsere Tochter?'

‚Ja!', rief Velanda außer sich vor Freude, ‚Ja, ich

bin's!' Zwei Lichter stürzten auf sie zu und sie umarmte Mutter und Vater. Im Augenblick der Umarmung wurden ihre Eltern ebenfalls sichtbar. ‚Um Gottes willen!‘, riefen die, ‚Man kann uns sehen!‘ Velanda schrie befreit: ‚Wir sind nicht hässlich! Wir sind wunderschön! Ich habe es gesehen!‘ Dann erzählte sie aufgeregt von den Bewohnern im Nachbardorf, von dem verlogenen Zauber und ihren Erlebnissen.

Die Nachricht verbreitete sich wie ein Lauffeuer und alle Einwohner kamen, um sich von Velanda umarmen zu lassen und sichtbar zu werden. Das anschließende Fest ging in die Geschichte des Dorfes ein. All die Scham und Selbstzweifel waren unbegründet. Alles ein großer Irrtum. Die Bewohner lachten und tanzten überglücklich die ganze Nacht. Endlich waren sie wieder ganze Menschen.

Bald nach Velandas Passage fand auch Marie eine Tür mit vertrautem Hintergrund. Die Tür führte nach Hause in ihr Zimmer. Dort saß sie auf dem Bett, genauer gesagt, die Katze saß mit ihrem Körper auf dem Bett. Fräulein Menke war splitternackt und putzte sich.

Marie war das wahnsinnig peinlich. Doch bei genauerem Hinsehen bemerkte sie die Liebe und Hingabe, mit der Fräulein Menke ihren Körper pflegte. Jeder Quadratzentimeter wurde von ihr als wichtig und wertvoll behandelt. Marie hingegen hatte sich nie so liebevoll mit ihrem Körper beschäftigt. Für sie war er lediglich ein Behältnis für ihr Ich. Er sollte hübsch aussehen, gut funktionieren und sich am besten nicht bemerkbar machen. Marie durchfuhr ein Gedanke wie ein heißer Blitz: Ihr ganzes Unglück hatte mit der Degradierung ihres Körpers zum Behältnis zu tun. Dabei ist er es, der ihr Ich erzeugt, der ihrer Persönlichkeit, ihren Gefühlen und Gedanken Wirkung und Ausdruck verleiht. Er ist ihr wertvollster Schatz, ihr größtes Heiligtum.

Die Zuwendung, Anerkennung und Liebe von Fräulein Menke dankte ihr Körper mit Heilung. Wunden und Ekzeme waren bis auf ein paar Narben verschwunden. Erstmals konnte Marie sich selbst wahrhaftig sehen. Nicht nur die äußere Verpackung, sondern auch ihr Herz. Sie nahm in sich die verborgene Blume wahr, die ihre Blätter in die Welt entfaltete. Sie sah ihre innere Schönheit und weinte vor Glück und Sehnsucht, mit diesem Körper wieder eins zu sein. Beherzt wagte sie den Schritt durch die Tür. Fräulein Menke erblickte Marie und sprang auf sie zu. Beim Aufeinanderprallen verwandelte sich Fräulein Menke in eine Katze zurück, miaute und fauchte fürchterlich. Marie war froh, dass sie die Schimpfworte nun nicht mehr verstehen konnte, entschuldigte sich und versprach mit Katzenfutter und Verwöhnprogramm alles wieder gut zu machen. Beim Anblick der Psychopharmaka neben dem Bett erahnte sie, was die arme Katze an medizinischen Maßnahmen erdulden musste. ‚Armes Fräulein Menke, armer Körper!'

Ab diesem Zeitpunkt war Marie wie verwandelt. Sie kleidete sich normal, aß kein Fleisch mehr – bei den Schmoggels ist ihr der Appetit auf Tiere vergangen – und hatte bald wieder Normalgewicht. Aber das Auffälligste war ihre wiedergewonnene Natürlichkeit. Sie lebte keine Rollen oder Ideale mehr, sondern sich selbst. Und das verleiht jedem Menschen unglaubliche Schönheit.

Nigella suchte am längsten, bis sie ihre Tür entdeckte. Dahinter sah sie ihren Vater und Freundinnen. Alle standen da und schienen auf sie zu warten. Ohne zu zögern sprang Nigella in das Geschehen. Als sie vor der Versammlung so plötzlich auftauchte, stießen die Feen und Elfen einen Überraschungsschrei aus. Hatten sie etwa jemand anderen erwartet? Ihr Vater rief: ‚Was machst du denn hier? An dieser Stelle sollte eigentlich Belladonna, die schönste Frau im Feenland, erscheinen.‘ ‚Aber Papa! Du sagtest doch, dass ich die schönste Fee bin!‘ ‚Das stimmt ja auch‘, antwortete ihr Vater. ‚Aber es gibt viele schönste Feen.‘ Nigella wurde zornig: ‚Und welche ist nun die Allerschönste?‘ ‚Das kann ich nicht entscheiden. Jede ist auf ihre Weise die Schönste.‘ Nigella kamen die Tränen. ‚Also für mich bist nur du der beste Papa der Welt. Ich werde dir immer treu sein!‘ Die Tränen kullerten wie kleine Diamanten über Nigellas Wangen und ihr Vater nahm sie in die Arme. ‚Man kann viele Menschen gleichzeitig lieben, ohne Verrat zu begehen. Man liebt jede und jeden auf eine ganz eigene und besondere Weise. Ich liebe dich immer als meine Tochter. Egal wen ich noch liebe oder wen du noch liebst, das Band wird nicht gelöst. Treue ist ein Gefühl des Herzens und keine Tugend oder Pflicht. Wer Treue zur Pflicht macht, missbraucht sie als Fessel.'

Nigella beruhigte sich wieder und brachte ein kleines Lächeln zustande. ‚Danke, Papa, für alles, was du für mich getan hast. Vielleicht sollte ich mich nun um mein eigenes Leben kümmern und was Gutes daraus machen.'

Nun weinte ihr Papa und sagte: ‚Das wäre die größte Ehre, die du mir erweisen kannst.'"

Die Erzählerin hält inne. Es ist totenstill.

Dann schlägt sie die Glocke an, bedankt sich für die Aufmerksamkeit und nach begeistertem Beifall löst sich die Versammlung auf.

Wut

Wilhelm, Nina, Karl und Christan bleiben zurück.
„Eine wunderbare Geschichte", meint Nina. „Aber was
hat die mit dem Narrator zu tun?" Christian kratzt sich
am Kinn und brummelt: „Sie ist von ihm." „Dann kennt
die Frau den Narrator?", fragt Wilhelm. „Ja und nein.
Das ist schwer zu erklären. Morgen Abend will mein
Freund Manub was vortragen. Vielleicht kann er es
klarer machen."

Am nächsten Morgen wollen Karl und Wilhelm Shanti
zum Markt begleiten und ihr beim Aufbau des Ver-
kaufsstands helfen. Nina wird bei Leila bleiben und
sich nützlich machen. Karl, der in der Gemeinschaft
sichtlich auflebt, ist schon ganz aufgeregt. Beim Frühstück nimmt er am Gespräch regen Anteil, wirkt zufrieden und glücklich. Die Aufgaben, die er auf dem Markt
übernehmen soll, das gemeinsame und ineinandergrei-
fende Arbeiten mit anderen Menschen erzeugt in ihm
Vertrauen und das Gefühl, dazuzugehören.

Der Aufbau ist gerade fertig und erste Kunden drängen sich vor den Auslagen, als Karl ein Junge auffällt, der hinter den Ständen verschwindet. Seine Eltern sind so mit der Begutachtung von Lederwaren beschäftigt, dass sie die Abwesenheit ihres Kindes nicht bemerken. Karl folgt dem Jungen und grinst freundlich. Der Junge quittiert die verlegene Freundlichkeit mit Zunge rausstrecken und Grimassen ziehen. Erschrocken wendet sich Karl ab und will gehen, doch der Junge stürmt auf ihn los und schlägt mit einem Holzschwert, das ihm die Eltern gekauft haben, auf ihn ein. Wieder und wieder schlägt er zu, bis Karl weinend und schluchzend zu Boden geht. Seine Wehrlosigkeit und sein Jammern machen den Jungen immer aggressiver. Mit aller Kraft schlägt und tritt er und schreit: „Tötet das Böse! Tötet das Böse!"

Shanti, die den Lärm bemerkt, eilt herbei, entreißt dem Jungen das Holzschwert, packt ihn und zerrt ihn zurück auf die Straße. Die Eltern hören die Hilferufe ihres Kindes und kommen entsetzt hinzu. Der Vater des Jungen brüllt Shanti an, was ihr einfiele seinen Sohn anzufassen. Der Junge weint und erklärt unter Tränen: „Die hat mir mein Schwert weggenommen!" Der Vater brüllt: „Geben Sie meinem Jungen sofort das Schwert zurück!" Shanti lächelt gequält und antwortet: „Ich schiebe es dir gleich in den Arsch." Der Mann geht einen Schritt auf Shanti zu und nimmt eine drohende Haltung ein. Seine Frau will ihn am Arm zurückhalten, doch er drückt sie zur Seite. „Was hast du gesagt?" Die Zeit scheint still zu stehen und die Luft zwischen Shanti und dem Vater kristallisiert zu einer Wand. Der Junge strahlt über beide Ohren seinen Vater an. Inzwischen ist auch Wilhelm auf die Auseinandersetzung aufmerksam geworden und eilt hinzu. Als er die Situation erfasst, wirft in seinem Kopf der Terminator die sechsläufige Minigun M134 an, bereit, mit sechstausend Schuss pro Minute den ganzen Markt in Schutt und Asche zu legen. Er bringt sich zwischen Shanti und dem Vater in Stellung: „Du wirst doch keine Frau schlagen?" Der Mann scheint erleichtert, dass er nun einen männlichen Gegner hat und presst hervor: „Sie hat meinen Sohn bestohlen." Shanti ruft: „Sein Sohn hat Karl mit dem Holzschwert verprügelt." In den Gesichtern von Wilhelm und dem Vater blitzen Verwunderung auf, dann brummelt der Vater nicht ohne Stolz: „Der wird es wohl verdient haben. Sagen Sie Ihrer Freundin, sie soll das Schwert zurückgeben!"

Inzwischen ist auch Christian hinzugekommen und erkundigt sich nach dem Geschehen. Sein martialisches Aussehen erzeugt eine gewisse Nervosität im Mienenspiel des Vaters, und das Gesicht seines Sohnes verfinstert sich wieder. Die Mutter geht dazwischen: „Du bekommst ein neues Schwert, komm, wir gehen nach Hause!" Der Vater scheint diesen Vorschlag gut zu finden. „Fassen Sie mein Kind nicht noch mal an", zischt er Shanti an und wendet sich dann an seinen Sohn: „Du bleibst in Zukunft immer in meiner Nähe!"

Als sich der Mann zum Gehen wendet, ruft Shanti: „Stopp, so geht das nicht! Da hinten liegt Karl verletzt am Boden und Sie wollen abhauen?" Christian eilt hinter die Buden und kommt mit Karl zurück. Dreckverschmiert, humpelnd und weinend jammert Karl vor sich hin. Als er den Jungen erblickt, zeigt er mit dem Finger und ruft: „Der war's! Der hat mich geschlagen!" Ein Raunen geht durch die Menschenmenge, die sich inzwischen angesammelt hat. Der Junge kriecht hinter seinen Vater, der Karl anherrscht: „Was bis du für ein Waschlappen! Lässt dich von einem Kind schlagen! Wer sich nicht wehrt, ist selbst schuld!" „Tolle Logik!", erwidert Wilhelm. „Er hätte also dein Kind auch schlagen sollen? Machst du das mit deinem Sohn, wenn er nicht spurt?" „Das geht dich gar nichts an!", erwidert der Vater. Nun wird auch die Mutter wieder aktiv und meint: „Lass uns gehen!" Sie packt Mann und Kind und zerrt beide weg. Wilhelm will die Familie aufhalten, aber Christian hält ihn zurück. „Karl soll entscheiden, ob die Sache weiterverfolgt wird." Der jedoch winkt ab und sie lassen die Familie ziehen. Nachdem sich die Menschenmenge wieder aufgelöst hat, gehen sie zum Tagesgeschäft über.

Beim abendlichen Treffen berichten sie Nina den Vorfall. Wilhelm macht sich vor allem über seine Wut- und Zerstörungsphantasien Gedanken. Warum kennt seine Wut kein Maß und keine Grenzen? Offenbar ist sein Gefühlsleben dem des Kindes sehr ähnlich. Er musste sich geradezu zu einer angemessenen Reaktion zwingen. Auch Shanti beschäftigte ihre Wut. Diese galt nicht dem Kind, sondern dem Vater des Jungen. Ihm gab sie alle Schuld, von ihm fühlte sie sich ungerecht behandelt. Wie in Kinderzeiten reagierte sie trotzig und ging in den Widerstand. Karl hingegen beschäftigte seine Ohnmacht. Leicht hätte er sich wehren können, doch irgendetwas in ihm verbot jegliche Gegenwehr. Die Angst, etwas Böses oder Falsches zu tun, überwältigte und lähmte ihn. Angst, dass er etwas tun könnte, dass ihn für immer mit Schuld beladen und in die Hölle verdammen würde. Der Junge schrie ja, er sei das Böse und habe Strafe verdient. Nur Christian war mit sich weitgehend zufrieden. Ihn beschäftigte lediglich, ob er sein Aussehen überarbeiten soll, damit er nicht ganz so gefährlich auf andere wirkt. Anderseits hat ihn das martialische Aussehen schon oft vor Konflikten bewahrt. Nina lacht über so viel Selbsterkenntnis und überlegt, ob sie der Familie einen Dankesbrief für die kostenlose Therapiestunde senden sollten.

Als es zu Dämmern beginnt, brechen sie zum Versammlungsplatz unter der Eiche auf, um das Event des Abends nicht zu verpassen: Die Erzählungen von Christians Freund Manub.

Manub

„Als wir noch keine Menschen waren, sahen wir die Welt ohne Augen. Die Welt war ein Nest. Geborgenheit ohne Horizont, die unser Ich umhüllte. Das Nest und das Ich war alles, was wir kannten."

Vor dem Publikum steht ein unauffällig gekleideter, dunkelhäutiger kleiner Mann mit typisch polynesischer Physiognomie und Gestalt. Ohne sich vorzustellen beginnt er, zu reden. Die Art, sich zu bewegen und seine Ausstrahlung haben etwas Magisches an sich.

„Es kam eine Zeit, in der sich das Nest dem Himmel öffnete und das Ich auf die Größe eines Samenkorns schrumpfte. Das Samenkorn fiel in den Sumpf, wurzelte im feuchtwarmen Schlamm, teilte sich und wurde ‚Viele'. Jeder Teil war etwas Eigenes und wollte mehr sein als der andere, wollte besser sein. Doch die Teile konnten sich nicht wirklich voneinander lösen. So wurde Selbsthass und Selbstmitleid geboren, in deren schwarzer Erde die erzwungene Gemeinsamkeit, aber auch Liebe und Glück hervorbrachte. Während sich die

Erde mit dem Himmel vereinte, kümmerte der innerlich zerrissene junge Spross aus vielen Ichs im dunklen Sumpf. Tiere und Pflanzen hatten Mitgefühl und sangen den Schöpfungsgesang. So wurden die Ahnen erschaffen, die für jedes der Ichs ein eigenes Gefäß waren. Sie konnten dem Sumpf entrinnen und reichten das Ich von Generation zu Generation weiter. Die Asche ihrer verbrannten Leben diente dem Ich als Nahrung und gab dem Gefäß seine Bestimmung. Von den Ahnen und der Asche will ich berichten:

Ausnahmslos jeder meiner Ahnen, ein ganzer Stamm, wohnt in meinen inneren Kammern und Kellern. Jeder hat einen eigenen Platz und füllt ihn mit seinem Schmerz, seiner Angst, seiner Schuld, seinem Glück, seiner Liebe und seinem Wissen. Ich bin das Extrakt aller früheren Leben, garniert mit meinem eigenen Ich. Auch ich werde meine Nachkommen füllen. Auf Neuguinea kam ich zur Welt. Mein Volk glaubt, dass wir Einwohner von Neuguinea und die weißen Menschen gemeinsame Vorfahren haben. Der Legende nach ist Kilibob Vater und Schöpfer aller dunkelhäutigen und weißhäutigen Menschen. Er verteilte seine Menschen auf der ganzen Erde, setzte an jede Bucht ein Paar und gab jedem Paar einen Gegenstand, eine Fähigkeit, ein Ritual und bestimmtes Wissen. Die Gaben wurden aufgeteilt, da ein Einzelner nicht alle Gaben fassen konnte. Jeden verpflichtete er, was ihm gegeben war, mit den anderen zu teilen, denn alles kommt vom Vater und er hat alles für alle vorgesehen.

Als die Weißen in Neuguinea landeten, freute sich mein Volk. Gemäß ihrer Legende bedeutete die Heimkehr der weißen Stammesbrüder, dass auch der Schöpfer bald zurückkehren und ein paradiesisches Zeitalter anbrechen würde. Für mein Volk war es selbstverständlich, dass die Weißen, was sie von Kilibob erhalten hatten, pflichtgemäß teilen würden. Eigentum war ihnen fremd. Sie glaubten sogar, der Vater hätte die Weißen gesandt, um ihnen das noch Fehlende zu bringen. Doch die Weißen hatten ihre Pflichten anscheinend vergessen. Mit symbolischen Handlungen und Ritualen wollte mein Volk sie an ihre Herkunft und ihre Pflichten erinnern. Für mein Volk war es auch heilige Aufgabe, die Rituale der Weißen, die ja von Kilibob stammten, nachzuahmen. Alles was von ihm kam, musste geachtet und gewürdigt werden. Sogar Gegenstände, die er den Weißen vermeintlich überlassen hatte, baute mein Volk nach, um ‚Ihn‘ zu ehren. In den westlichen Ländern bezeichnete man dieses Verhalten als ‚Cargo-Kult‘ und interpretierte es als kindliches Nachäffen. Teilen kam den Weißen nicht in den Sinn. Die Weißen glaubten, man wolle sie bestehlen, und bestraften mein Volk. Die Enttäuschung und der Zorn meiner Landsleute über dieses Verhalten war so übermächtig, dass es zu Gewaltakten kam. In den Kämpfen starben viele, auch aus meiner Familie. Damals sandten die Großeltern meinen Vater in das Land des weißen Mannes. Er sollte nach Kilibob suchen und ihn um Hilfe bitten. Gemäß unserer Legende hatte sich Kilibob in den Norden, wo das Land der Weißen lag, zurückgezogen.

In dieser Welt im Norden kam mein Vater nicht zurecht. Für ihn waren die Regeln und Vorschriften unverständlich und sinnlos. Er berichtete seinen Verwandten, dass das Teilen für die Weißen einen schmerzhaften Verlust bedeutet. Dieser Schmerz könnte nur gemildert werden, wenn sie etwas Gleichwertiges im Austausch zurückerhielten. Sie würden glauben, dass sie ohne Besitztümer sterben müssten. Deshalb sei ihre größte Sorge, nichts zu besitzen. Diese Einstellung führt dazu, dass ihre Gesellschaft für jeden, der keine Tauschmittel hat, zu einer Wüste wird, obwohl um ihn herum Reichtum herrscht.

Stellt Euch vor, Ihr wärt im Paradies. Die herrlichsten Früchte hängen an den Bäumen und fallen nach der Reife zu Boden, die besten Kräuter und Gemüsesorten wachsen auf den Feldern und überall sind Tiere, die man jagen kann. Doch Gott sagt: ‚Nein, das gehört alles mir. Ich teile nicht! Ich habe alles mühevoll erschaffen und will alles für mich allein. Wer mir etwas wegnimmt, ist ein Dieb und wird bestraft.‘ Du sitzt also hungernd und frierend in diesem überfließenden Paradies und bettelst um einen Apfel. Doch was könntest Du gegen Nahrung eintauschen? Gott sagt: ‚Es gibt nichts, was du mir geben kannst, denn mir gehört bereits alles und noch viel mehr.‘ ‚Nicht alles‘, sagst Du. ‚Meine Anerkennung, meine Achtung und Liebe hast Du noch nicht.‘ ‚Gut‘, sagt Gott, ‚ich gebe dir ein bisschen Nahrung, wenn du dich unterwirfst, mich verehrst, vorgibst, mich zu lieben, und mit harter Arbeit meine Schöpfung pflegst.‘

Mein Vater verdingte sich im Paradies des weißen Mannes, arbeitete auf dem Bau und gründete eine Familie. Nicht nur Achtung und Liebe, sondern Rituale, die mit Hilfe von Zeitmessern und Kalendern getaktet waren, wurden von ihm verlangt. Anstrengende Dienste musste er Tag für Tag erbringen. Man gab ihm dafür, wie auch seinen Kollegen, ein Tauschmittel, mit dem er in bescheidenem Maße am Paradies teilhaben durfte. Vater war verzweifelt. So hatten die Ahnen das Paradies nicht beschrieben, und so war das vom großen Vater auch nicht vorgesehen. Die Weißen durften Kilibobs Gaben nur nutzen, wenn sie Schweiß, Tränen und Stress auf sich nahmen. Welche Schuld müssen sie begleichen, dass sie so hart bestraft werden? Er wollte Kilibob finden und ihn um Gnade für die Weißen bitten. Bestimmt würden sie dann auch sein Volk an den Gaben teilhaben lassen. Doch wo sollte er suchen und was sollte er sagen? Er fragte Freunde, Kollegen, suchte in Zeitungen und im Internet. Nichts, keiner konnte einen Hinweis auf den Verbleib von Kilibob geben. Im Lauf der Suche erkannte mein Vater, warum die Weißen bestraft wurden. Sie haben ihre Ahnen, ihre Herkunft und den großen Vater vergessen. Die nicht gesehenen Ahnen toben wütend in den Kammern ihrer Herzen und peinigen ihr Ich mit Schmerz und Angst. Kilibob wird sie so lange in seinem Paradies hungern und dürsten lassen, bis sie anerkennen, dass alles ihm und nicht ihnen gehört, bis sie den Platz einnehmen, der ihnen zugewiesen wurde. Doch die Weißen sind wie Zugvögel, die vergessen haben, dass sie in den Süden ziehen. Sie sitzen erbärmlich frierend im Schnee und haben nicht die geringste Ahnung, was sie falsch machen.

Als mein Vater starb, versprach ich, die Suche nach Kilibob fortzusetzen. Ich gehe andere Wege, suche auf meine Weise, dennoch führe ich die Mission weiter. Der Geist von Kilibob lebt in uns allen. Je mehr ihn suchen, je mehr seine Gaben achten, desto näher kommen wir zur Quelle und können um Verzeihung bitten. Vielleicht steht irgendwann das Paradies wieder allen zur Verfügung."

Das Publikum unter der Eiche beklatscht Manubs Ausführungen.

Er fragt ins Publikum: „Welche Rolle spielen die

Ahnen für euch?"

Einer ruft: „Sie geben uns Aussehen, Charakterzüge, Talente, Glaubenssätze, Vertrauen und Wissen, also die Grundlagen unserer Entwicklung und Lebensgestaltung. Sie sind der Bogen, der den Pfeil abschießt. Wir geben ihnen unsere Anerkennung, unseren Dank und einen Platz, an dem sie weiterleben." „Ja", sagt Manub, „und was teilt ihr mit ihnen?" Raunen ist zu hören.

„Was wäre, wenn ihr keine Kinder und auch eure Geschwister keine Kinder hättet?" Ein Zuhörer ruft: „Dann wäre die Blutlinie unterbrochen und unsere Ahnen würden mit uns aussterben." Manub erwidert: „Die Erinnerung und die Form ist unterbrochen, aber das Sein nicht. Jeder Mensch hinterlässt Spuren, die die Zukunft beeinflussen. An theoretischen Überlegungen zu Zeitreisen und den hieraus sich ergebenden Paradoxien wird deutlich, dass jedes auch vermeintlich völlig unwichtige Ereignis die Zukunft der ganzen Menschheit ändert. Ein herabfallender Apfel hat einen Isaak Newton zur Entdeckung der Schwerkraftgesetze veranlasst. Was wäre passiert, wenn sich Newton unter eine Eiche gelegt hätte? Alles hängt zusammen und beeinflusst sich gegenseitig, obwohl manche Wirkungen erst Jahre oder Jahrzehnte später sichtbar werden. Unser Verstand ist viel zu schwach, um die Realität in ihrer vollen Tragweite abschätzen zu können. Konsequenzen unserer Handlungen können wir nur innerhalb sehr kurzer Zeiträume ungefähr erfassen. Sogar die Naturwissenschaften müssen sich auf vereinfachende Modellvorstellungen beschränken. Längerfristige Prognosen basieren nicht auf Ursache-Wirkungszusammenhängen, sondern auf subjektiven Annahmen und Erfahrungen. Raten an Hand von Wahrscheinlichkeiten. Das ist wie eine Münze werfen. Daher sollten wir uns bei Entscheidungen auf das beschränken, was im Hier und Jetzt stimmig ist, was sich gut anfühlt, was wir aus ganzem Herzen wollen. Das ist für unseren geringen Intellekt der beste Weg, gute Entscheidungen zu treffen. Alles andere ist Hybris und Selbsttäuschung."

Eine junge Frau sagt aufgeregt: „Soll das heißen, wir führen kein selbstbestimmtes Leben?" Manub beruhigt: „Wir bestimmen im Hier und Jetzt, was wir tun. Was aus unserem Handeln später entsteht, wo es hinführt, liegt nicht in unserer Hand. Vielleicht haben wir Glück und unsere Pläne gehen auf, oder wir greifen so oft im Jetzt korrigierend ein, dass sich die Wahrscheinlichkeit für den gewünschten Erfolg erhöht. Doch Wahrscheinlichkeiten sind keine Realität, sondern nur der Maßstab für unser Nichtwissen. Jeder Mensch, der auf der Erde gelebt hat, ist unser Ahne, direkt oder indirekt, denn jeder hat Ursachen gesetzt, die für alle Zeiten Wirkung entfalten.

Nina fragt in die Runde: „Hast du Kilibob gefunden?" „Ja", antwortet Manub. „Aber ich fand ihn nicht bei den Weißen, ich fand ihn in meiner Heimat. Mein Volk hatte nicht bemerkt, dass er schon immer in ihnen lebte. Sein Geist ist unsere Geschichte, seine Lehren sind unsere Gesetze, seine Macht ist unsere Gesellschaft. Manchmal sieht man den Wald vor lauter Bäumen nicht."

Die Versammlung löst sich auf. Nur Nina, Karl und Wilhelm bleiben. Nina erzählt Manub von ihrer Mission, der Suche nach dem Narrator. „Vielleicht kann ich helfen", sagt Manub. „Ich kenne einen Weg, auf dem ihr dem Narrator begegnen könnt. Dieser Weg verlangt jedoch Mut, Anstrengung und birgt Gefahren in sich. Vielleicht verliert ihr euch selbst oder euer Leben, vielleicht gibt sich der Narrator nicht zu erkennen oder er hilft nicht. Ich kann nur eine Möglichkeit anbieten."

Karl ist begeistert und ruft: „Einverstanden!" Manub ergänzt seine Ausführungen: „Es wird sich womöglich alles ändern. Wollt ihr das?" Nina und Wilhelm schauen sich an. „Wir würden gerne nochmal drüber schlafen." „Tut das! Die meisten Menschen schieben so eine Entscheidung ihr ganzes Leben vor sich her. Es gibt keine Eile."

Die drei verbringen eine unruhige Nacht. Unablässig kreisen die Gedanken. In den Schlafphasen kämpfen sie mit Verfolgern, Monstern und Geistern. Eine rationelle Entscheidung will trotz größter Anstrengungen, einfach nicht gelingen. Allmählich gewöhnen sie sich emotional an die unklare Situation, sind erschöpft und dumpf vor Müdigkeit. Das ist der Moment, wo der Verstand die Waffen streckt und die Entscheidung an das Herz abgibt. Im Grunde ängstigen nicht die Veränderungen oder das Unbekannte, sondern die Strapazen, bis das innere Gleichgewicht wiederhergestellt ist. Alles lassen, wie es ist es ist, ist viel bequemer. Doch dann bleibt das Feuer kalt. Das Leben glimmt mit viel Rauch vor sich hin und vergeht ohne Flamme.

Gegen Mittag treffen sie Manub erneut und fragen, ob er nicht Karl vorausschicken könne, sie würden später nachkommen. Manub meint, es sei kein Zufall, dass sie bisher zu dritt gereist sind. Nur in dieser Trinität könnten sie finden, was sie suchen.

Das Ritual

Es gibt viele Möglichkeiten, zu reisen. Man kann sich zum Beispiel zu Fuß, mit dem Auto, Flugzeug oder Schiff durch die Raum-Zeit von Ort zu Ort bewegen. Mit Hilfe von Erinnerungen oder Aufzeichnungen können wir uns in die Vergangenheit versetzen. Zukunft erschließen wir mit Phantasiereisen. Unseren Körper und seine Energien bereisen wir, indem die Aufmerksamkeit auf das Hier und Jetzt fokussiert wird. Mit Hilfe von Träumen und Hypnosen reisen wir ins Reich des Unterbewussten und kollektiven Wissens.

Schamanen und Weisheitsbewahrer reisen mit uns ins Reich der Geister, Tierseelen und Toten. Dafür nutzen sie Rituale und manchmal auch halluzinogene Substanzen als Transportmittel.

Reisen lassen uns neue, unbekannte Räume entdecken. Nicht nur neue Orte, sondern auch neue Wahrnehmungsräume, Bezugsräume und Bewusstseinsräume. Reisen sind Transformationen auf verschiedensten Ebenen.

Abgeschieden im nahen Wald befindet sich eine kleine Hütte, die von den Bewohnern der Wagenburg speziell für Rituale, Retreats und Ähnliches errichtet wurde. Als die drei dort eintreffen, werden sie von Manub in einem schamanischen Ritualgewand empfangen. Von Kopf bis Fuß ist er mit Symbolen bemalt, mit Federn, Ketten und kleinen Glöckchen geschmückt. Das Zentrum des Raums wird von einer offenen Feuerstelle mit üppigem Rauchabzug, dominiert. Die Wände sind mit bestickten Stoffen und Musikinstrumenten verziert, die Decke ist mit den Symbolen der Sternzeichen und mit kunstvollen Ornamenten bemalt. Behagliche Wärme, duftendes Räucherwerk und Kerzenlicht schaffen eine sakrale Atmosphäre.

Die Anwesenden sollen ihre Kleidung ablegen und sich mit einer blauen dickflüssigen Salbe aus einem verzierten Tontopf von Kopf bis Fuß einreiben. Dann erhält jeder einen Lendenschurz und einen bunt bemalten Umhang aus Knochen, der an einen Brustpanzer erinnert. Manub bemalt die Gesichter mit geheimnisvollen Zeichen und bläst ihnen hierbei unablässig Rauch ins Gesicht. Als er fertig ist, sehen sie wie Urwaldgeister oder Dämonen aus.

Manub ergreift eine Trommel, beginnt zu tanzen und singt inbrünstige Lieder in einer unbekannten Sprache. Bald springen und hüpfen sie gemeinsam um die Feuerstelle zum mitreißenden Trommelrhythmus und stoßen archaische Laute aus. So geht das eine Stunde, bis sie ausgepowert ums Feuer zum Sitzen kommen. Eine Tonschale mit grauenhaft schmeckender Flüssigkeit wird herumgereicht. Das Gebräu runterzuwürgen, kostet sie große Überwindung, und schon wenige Minuten später rast einer nach dem anderen auf die Toilette hinterm Haus. Anfangs scherz Wilhelm, dass die blaue Farbe wohl das Grün im Gesicht verdecken soll, doch nach dem dritten Toilettengang ist auch ihm der Sinn für Humor vergangen. Die Tiefenreinigung und das Getränk schicken die vier erschöpft auf die Reise in eine andere Welt:

Wilhelm sieht Nina, Karl, Manub und sich selbst auf einem gewaltigen Spiegel stehen. Die Spiegelfläche reicht von Horizont zu Horizont. Sie sind das Einzige, was sich auf der endlosen Fläche befindet. Über ihnen erstreckt sich ein heller Himmel ohne Sonne. Manub sagt laut und deutlich: „Ihr seid noch nicht geworden.

Vereinigt euch und werdet ‚Sein'." Kaum gesagt, spüren sie, wie eine magnetische Anziehung von Manub auszugehen scheint. Diese Kraft zerrt immer stärker an ihnen. Karl unterliegt als Erster der Anziehungskraft und rutscht auf Manub zu. Als er ihn erreicht, stoppt die Bewegung nicht, sondern er dringt in seinen Körper ein, als ob sie Hologramme aus Licht wären. Sie verschmelzen zu einem Mischwesen. Das gleiche geschieht mit Nina und Wilhelm. In der Verschmelzung spürt jeder von ihnen nicht nur die anderen, sondern wird zu ihnen. Das jeweilige Ich-Bewusstsein beinhaltet nun auch das Ich der anderen. Es ist nicht unterscheidbar, ob Gedanken von einem selbst, oder von den anderen stammen. Jeder ist nur noch ein Aspekt von vielen Aspekten, ein Wassertropfen, der ins Meer gefallen und nun selbst Meer geworden ist. Das so entstandene Wesen überkommt unbeschreibliche Freude. Es fühlt sich vollständig und ganz. Es spürt die Fülle von vier Leben.

Die Spiegelfläche beginnt wie Eis zu schmelzen. Das Eis zerfließt zu Wasser und sie versinken in den Fluten. Das Wasser wird zu Luft und sie fallen. Immer schneller geht es nach unten auf einen Weiher zu. Schwerelos rauschen sie in die Tiefe und tauchen Kopfüber in den Weiher. Dunkelheit ... Panisch rudernd, dem Licht entgegen, erreichen sie das rettende Ufer und krabbeln erschöpft und glücklich auf die Uferwiese. Ein herrlicher Sommertag umfängt sie. Vögel zwitschern, Insekten summen und ihre Lunge atmet die ganze Fülle des Lebens. Wer bin ich, fragt sich das Wesen, das sich zunehmend als eine Person und nicht mehr als Summe aus vielen erlebt. Ihre Ichs verschmelzen in kürzester Zeit auf ein einzelnes, eigenes Ich. Ähnlich wie beim Menschen, dessen Ich auch nicht nur einer einzelnen Gehirnfunktion entspringt, sondern sich aus Persönlichkeitsaspekten, Vorstellungen, Eigen- und Fremdbildern, aus sozialen Kontexten und unzähligen Erfahrungen zusammensetzt. Ein Netz aus verschiedensten Quellen und Anteilen geknüpft und auf ein einziges Ich-Empfinden eingedampft. Das Wesen beschließt, im Angedenken an seine Herkunft, sich Winikama" zu nennen.

Während Winikama damit beschäftigt ist, die Situation irgendwie einzuordnen und zu begreifen, kräuselt sich die Wasseroberfläche des Weihers. Aus der Tiefe steigt ein Kopf empor. Es ist Wilhelm. Mit schreckgeweiteten Augen ruft er: „Das alles ist nur eine Illusion! Eine Phantasie im Drogenrausch! In Wahrheit sitzt ihr in einer Hütte und starrt aufs Feuer! Gebt euch nicht auf! Sterbt nicht!"

Winikama lacht: „Noch nie habe ich mich so lebendig gefühlt! Du bist die Illusion, der Albtraum, aus dem ich erwacht bin." Winikama geht ans Ufer und drückt sein altes Ego unter Wasser. Wilhelm schlägt verzweifelt um sich und japst nach Luft. Schließlich erstirbt seine Gegenwehr und er gleitet regungslos zurück in die Tiefen.

Einem Pfad in den nahen Wald folgend, entdeckt Winikama eine Trommel am Wegesrand. Es nimmt das Instrument an sich und geht, ja tanzt im Rhythmus durch den Wald in tiefer Verbundenheit mit sich und der Umgebung. Seine Lebendigkeit, seine Natur und das Sein sind in noch nie erlebter Intensität spürbar. Tiere und Pflanzen verlieren ihr Getrenntsein, werden Teil der Lebenswirklichkeit, der eigenen Existenz. So wie die Zellen unseres Körpers in einem göttlichen Moment vielleicht erahnen, dass sie Teil von etwas Größerem sind, erahnt Winikama seinen Platz in der Welt. In diesen göttlichen Momenten sind wir der Quelle nah.

Die Trommelreise endet vor einer Höhle. Ein blühender Garten vor dem Eingang lädt zum Verweilen ein. Eine Stimme ertönt: „Sei gegrüßt, Winikama!" Der Teil, der früher Wilhelm hieß, erinnert sich sofort. Es ist die Stimme, mit der alles begann. Der Anteil, der früher Karl hieß, ruft: „Bist du der Narrator? Kannst du mir helfen?" Die Stimme erwidert: „Was brauchst du?" „Ich brauche meine Frau, die ich immer noch so sehr liebe! Ich will keine Angst mehr haben, will normal sein und verstehen, was die anderen sagen. Ich will geachtet und geliebt werden."

Die Stimme erwidert: „Hast du das nicht schon alles?" „Ja, jetzt schon, da ich mit den anderen verbunden bin, da ich mit allem verbunden bin. Aber wenn die Vereinzelung zurückkehrt, wird alles, wie es war, und ich bin ein gebrochener Mann, nur noch ein Splitter des großen Spiegels."

Die Stimme erwidert: „Was du von dir selbst siehst, ist nicht der Spiegel, sondern das, was sich in ihm spiegelt.

Vereinzelung oder Gemeinschaft sind nur Geschichten, die du dir selbst erzählst. Interpretationen der Welt, die du im Spiegel siehst. Du zerlegst das Spiegelbild in Aspekte, deformierst die Bilder mit eigenen Stimmungen, Erfahrungen und Wünschen und beklagst dann, dass nichts zusammenpasst. Der Spiegel bleibt unverändert, egal was er dir zeigt. Nichts davon beeinflusst ihn, denn er ist das eine allumfassende Bewusstsein."

Karls Anteil erwidert: „Was nützt mir diese Erkenntnis, wenn ich mich als schwach, unfähig und verwirrt wahrnehme, wenn man mich als minderwertigen Menschen behandelt? Ich erfahre Leid und soll mich gut fühlen?" Liebevoll antwortet die Stimme: „Das sind alles Geschichten! Jede dieser vermeintlichen Tatsachen basiert auf Urteilen und Bewertungen, die wiederum deine Gefühle auslösen. Du orientierst dich an Referenzen, also an Idealen, Werten, Vorstellungen und Erwartungen, die sich deine Umwelt ausgedacht und die du dir zu eigen gemacht hast. Dein Gehirn funktioniert prächtig. Aber die Gedanken, die es produziert sind selbstschädigend, blockieren das Gehirn und machen es krank. Deine Denkweise muss daher durch intensive

Erlebnisse und Eindrücke angepasst werden."

Winikama ist überrascht: „Ist das mit den Vampiren, den Ängsten, dem kindlichen Denken und der Hilflosigkeit nicht zufällig entstanden?" „Ja und Nein", antwortet die Stimme. „Angst und Schuldmuster der Vorfahren wurden über die Eltern an Karl übertragen. Diese alten Muster hat er schon als Kind in seine inneren Kammern weggesperrt, wo sie wachsen und gedeihen konnten. Die durch den Tod von Karls Frau ausgelöste Krise hat die inneren Barrieren geschwächt und die Ängste krabbelten wie Zombies aus den inneren Grabkammern. Karl floh vor ihnen in eine Märchenwelt und vor seinen Schuldgefühlen ins Kindsein. Kinder sind bekanntlich unschuldig und müssen keine Verantwortung übernehmen. Eine Strategie, um ohne Kampf im Gleichgewicht zu bleiben."

Karls Anteil in Winikama erkennt, dass er eine Opferrolle eingenommen hat. Dass er in selbst auferlegter mentaler Armut und Angst lebte, nur um die Konfrontation mit eigenen Anteilen zu vermeiden. Ihm wird klar, welche Fülle sein Leben bieten könnte, wenn er sich gegenüber mutiger wäre. Die Stimme ergänzt:

„Wenn ich jedem Menschen zeigen würde, wie er oder sie noch leben könnte, was möglich wäre, wenn sie nur ein paar Irrtümer erkennen und Strategien ändern würden, dann wären viele sehr verzweifelt. Ihr Leben könnte viel besser sein, doch sie sind Gefangene ihres Selbstbilds. Wir werden niemals glücklicher oder finden mehr Anerkennung, wenn wir unsere Rollen noch perfekter ausfüllen, wenn wir unserem angestrebten Selbstbild noch mehr entsprechen. Glück finden wir, indem wir unsere Ideale, unser Selbstbild und unsere Lebensgeschichte hinterfragen und prüfen, was Illusion ist, was Dressur ist, was uns abhält und was uns Kraft raubt. Wer auf seinen ‚Wahrheiten' beharrt, ignoriert Möglichkeiten, nährt sein narzisstisches Ego und muss im Persönlichkeitsgefängnis bis zum Tod seine oder ihre Runden drehen. Wie heißt es? Erst die Arbeit, dann das Vergnügen! Das Vergnügen setzt Erkenntnis und innere Freiheit voraus. Beides muss erarbeitet werden. Die wahre Erbsünde ist Bequemlichkeit und Feigheit. Veränderung ist nun mal mit Anstrengung verbunden." Winikama schaut verständnislos und meint: „Aber welche Erkenntnis soll ich erarbeiten? Wenn ich nicht weiß, was mir fehlt, kann ich nicht daran arbeiten." Die Stimme antwortet: „Deshalb braucht man Hilfe durch Begegnungen, durch Schicksalsschläge, beeindruckende Erlebnisse oder andere Menschen. Nur wenn wir erfahren, was uns wirklich fehlt oder was wirklich möglich ist, können wir uns von unseren Ausgangsbedingungen emanzipieren und frei werden. Mein Ansinnen ist es, Lebensgeschichten so zu beeinflussen, dass Freiheit und Entwicklung möglich werden. Eine Kuh, die nie den Stall verlässt, die nie eine Weide sieht, wird nicht für Freiheit kämpfen. Ihr fehlt die Sehnsucht. Ich gebe euch Sehnsucht."

Winikama lächelt. „Könnte man dieses Procedere nicht abkürzen, indem wir gleich erfahren, wer wir sind und was unsere Bestimmung ist?"

„Es geht nicht ums Erkennen durch philosophieren und logisches Überlegen, sondern ums Werden und Annehmen", antwortet die Stimme. „Irrwege und Suche lassen unsere Bereitschaft ‚anzunehmen' wachsen. Außerdem erwerben wir auf unseren Wegen wichtige Kompetenzen und Fähigkeiten. Der Lebensweg ist individuelles Wachsen und Entwickeln. Ein Baustein des Netzwerks, dem wir angehören, ein Kunstwerk, das dem ‚All-Einen' hinzugefügt wird."

Der Weg in die Höhle

Ein Kaninchen hoppelt vor Winikama in die Höhle …

Folgen auch Sie dem Kaninchen ins Dunkel!

Nur in der Dunkelheit erkennen Sie, was hinter den Buchstaben, die sie gerade sehen, steht, was von der Oberfläche verschleiert wird. Erzählen Sie dem Dunkel Ihren Traum vom Leben.

Ich meine Sie, die Person, die gerade liest oder zuhört! Wenn wir träumen, sind wir vollständig mit uns identifiziert. Wir sind in unserem „Ich" gefangen und halten in diesem Zustand oft die skurrilsten Ereignisse für real. Dies gilt auch für Ereignisse, die heftige Ängste und Emotionen in uns auslösen und uns manchmal verzweifeln lassen. Es scheint keinen Ausweg zu geben, denn wir sind Gefangene unseres geträumten Selbstbilds. Dabei müssten wir nur aufwachen und alles wäre gut. Dann würden wir lachen und sagen: „Es war alles nur ein böser Traum."

Was wäre, wenn Ihr ganzes Leben ein Traum wäre und Sie irgendwann aufwachen würden? Wie in Ihren Träumen sind Sie mit Ihrer Rolle, mit Ihrem Selbstbild vollkommen identifiziert, haben heftige Emotionen, erleben skurrile Dinge und sehen oft keinen Ausweg …

Ja, Sie träumen wirklich! Sie träumen gerade, dass Sie diese Geschichte lesen oder hören und wissen nicht, dass diese Geschichte Ihre eigene Erfindung ist. Ihre eigenen Gedanken! Wenn Sie aufwachen, werden Sie es sofort erkennen.

Wie soll man Sie erwecken? Was muss geschrieben stehen, damit Sie Ihren Traumzustand wahrnehmen und ernst nehmen?

Vielleicht hören Sie gerade Klopfen oder ein Geräusch, das Sie nicht zuordnen können? Möglichweise kommt es von dort, wo Sie „in Wahrheit" gerade sind … Auch Dinge, die scheinbar keine Ursache haben, könnten ein Hinweis sein!

Das ist Quatsch? Achten Sie auf Ungewöhnliches. Seien Sie aufmerksam. Vielleicht gelingt es mir doch noch, Ihnen die Wahrheit zu beweisen.

Wir befinden uns nun in der Höhle, das heißt, Sie träumen die Geschichte in der Weise weiter, dass Winikama in der Höhle sein soll. Vielleicht waren Sie selbst auch schon in einer Höhle und träumen deshalb von dieser Höhle. Vielleicht symbolisieren Höhlen für Sie Ihr Inneres.

Es ist dunkel und ein Narrator – oder irgendeine Stimme – taucht in dieser, Ihrer Erzählung immer wieder auf und gibt Weisheiten zum Besten. Warum machen Sie das? Das ist doch verwirrend! Es gibt keinen Narrator! Soll das eine Methode sein, um in Ihren eigenen Traum einzudringen? Versuchen Sie, sich selbst eine Botschaft zukommen zu lassen? Unsinn? Passt nicht ins Weltbild?

Glauben Sie nichts!

Es ist dunkel und die Stimme sagt zu Winikama: „Du träumst genauso wie die Person, die gerade über dich liest … Wäre dein Bewusstsein vollkommen wach, wüsstest du, dass du in einer Hütte vor einem Feuer sitzt. Du wüsstest, dass Wilhelm, Nina, Karl, Manub und du selbst Romanfiguren sind. Figuren, die jemand erdacht hat, der selbst gerade träumt. Würde die träumende Person erwachen, wäre ihr klar, dass dieses Buch Teil eines Traumes ist und dass sie selbst eine erdachte Figur ist. Ich bin das einzige, das wirklich existiert. Ich bin das allumfassende Bewusstsein, das ‚Sein'. Nun dringe ich mit diesen Buchstaben in meinen Traum vor. Ich betrachte mich durch den Traum des Träumenden."

Es ist dunkel. „Lasst uns eine Fackel entzünden!"

Winikama geht tiefer in die Höhle. Der Gang mündet in einer Halle. Eine helle Lichtquelle lässt die gigantischen Ausmaße erahnen. Die Quelle, die in allen Spektralfarben leuchtet, entspringt einem Monolithen in der Mitte des Saals. Seine Konturen sind nur schemenhaft auszumachen. Die Oberfläche fluktuiert und schillert in allen Farben. Winikama kommt näher und erkennt, dass es sich bei dem Gebilde um ein unendlich kom-plexes Hologramm handelt, das, je nach Blickwinkel, die Leben aller Menschen und der gesamten Schöpfung beinhaltet. Nicht nur Formen, auch

Ursache-Wirkungsbeziehungen, Geschichten und Zusammenhänge sind eingewoben. Im Zentrum des Hologramms befindet sich das Bewusstsein, dessen Klarheit und Leuchten an den Höhlenwänden reflektiert wird. Das Hologramm ist in Bewegung, in einem ständigen Veränderungsprozess. Manche Bereiche sind enger verzahnt, andere bewegen sich wie Flüssigkeiten scheinbar unabhängig. Alles ist miteinander verbunden und beeinflusst sich gegenseitig. Das Licht der Quelle projiziert die holographischen Verformungen und Veränderungen in unendlich vielen Teilaspekten an die Höhlenwände. Geschichten vieler Milliarden Leben laufen wie Filme an den Wänden ab. Winikama spürt, dass auch er in diesem Hologramm enthalten ist. Dass er, wie jede Existenz, eine Projektion dieser Bewusstseinsquelle ist. Diese Erfahrung ist für ihn so gewaltig, so existenziell, dass er aufwacht.

Wilhelm, Nina, Karl und Manub sitzen am Feuer in der Hütte. Sie sind hellwach und schauen sich gegenseitig verstört an. Alles ist so anders. Ein Gefühl, als ob sie Fremde in fremden Körpern wären. Ihr Vollständigkeitsgefühl, ihr Verbundenheitsgefühl sind verschwunden. Da ist nur noch das Echo ihrer alten Ichs, das durch die Gewölbe der Erinnerung irrt. Sie fühlen sich verlassen, leer und unfertig. Nur noch ein Viertel Leben. Gleichzeitig sehen sie, was bisher verborgen war. Als ob sie bisher scheinbar sinnlose Muster eines 3D-Bildes betrachtet hätten und nun ihr Gehirn aus diesen Mustern ein räumliches Bild zusammensetzen könnte. Sie sehen ihre Leben in 3D. Vermeintlich Zufälliges offenbart seinen tieferen Sinn und lässt das Warum erkennen. Sprechen müssen sie nicht, denn jeder weiß, was im anderen vorgeht. Immer noch sind sie verbunden, nur in einer subtileren, zerbrechlicheren Weise, die genaues Hinspüren und höchste Achtsamkeit erfordert.

Geraume Zeit später ergreift Wilhelm das Wort: „Wie können wir diesen Bewusstseinszustand bewahren?" Nina meint: „Indem wir uns nicht mehr mit dem, was war identifizieren. Jede Identifikation ist ein Rückschritt in die Zweidimensionalität, in die bloße Projektion eines Traums."

Als die vier zurückkehren, erscheint ihnen das Wagendorf wie eine Filmkulisse. Atmosphärisch dicht, bunt, gefällig und irgendwie unwirklich. Von den Bewohnern werden sie als entrückt wahrgenommen. Keiner wagt es, sie anzusprechen, nur wohlwollende, liebevolle und sehnsüchtige Blicke folgen ihnen. Als sie Christian begegnen, sagt er voller Freude: „Heute Abend seid ihr mit Geschichtenerzählen dran. Ich bin schon gespannt."

Karl

Am Abend versammelt sich die Dorfgemeinschaft unter der Eiche. Diesmal sind besonders viele Bewohner und Gäste anwesend. Die Nachricht von den ungewöhnlichen Erlebnissen beim schamanischen Ritual verbreitete sich wie ein Lauffeuer. Karl positioniert sich vor dem Publikum und strahlt innere Ruhe und Ernsthaftigkeit aus. Mit klarer Stimme sagt er:

„Als Werdender kam ich zur Welt,
als mögliches, noch nicht konkretes Wesen,
begierig einsaugend, was mir dargeboten wurde.

Bald unterschied ich
zwischen du und meins,
zwischen Gutem und Abzulehnendem,
zwischen Leiden und Lust.

Mutter und Vater spiegelten mich,
zeigten mir ein hilfloses, süßes, selbstzufriedenes Baby,
ein Objekt ihrer Vorstellungen von idealer Fürsorge

und Erziehung.

Ich sollte sein, was sie sich wünschten und in mir
sehen wollten.

Ohne jeden Zweifel lernte und perfektionierte ich die
mir zugewiesene Rolle.

Sie pflanzten ihre Gedanken, ihre Urteile, ihre Schuld
und ihre Pflichten in mich ein,

bestellten das Feld, in dessen Erde ich meine Wurzeln
schlug,

waren Heimat, in der ich mich verortete.

Sie erzählten die Geschichte, in der ich mich erfüllen
wollte,

und gaben den Sinn, dem ich mich unterordnen
wollte.

Nun hat Regen meine Wurzeln frei geschwemmt,

Fluten haben mich hinfort gespült,

fort vom Opferaltar.

Nicht meine Rolle, den Spieler nahm ich wahr,

spürte, was ich wollte,

was mir wirklich wichtig war.

Oh Sünde! Verbotene Gedanken! Böse Keime,

da sie nicht dem ‚Sollen' dienen.

‚Gottes Wille geschehe, nicht der Deine!'

Darfst nur zugewiesene Rollen spielen,

nicht dir selbst und dem Wollen dienen.

Ich kleidete mich in Glaube und Werte ein,

verschaffte mir damit Sicherheit und Klasse,

krönte mich mit Verantwortung und Pflichten fein,

machte mich wichtig, gab mir mit Worten Masse.

Stolz und Eitelkeit fesselten mich gerne.

Freiheit wird schließlich mit Erfolg vergeben.

Meine inneren Blockaden waren mir wertvolle Sterne,

die sicher irgendwann erlaubten zu leben.

Mein wahrer Glaube,

dass ich falsch bin,

deprimiert bin,

gedanklich fixiert bin,

böse bin,

ängstlich bin,

ließ mich innerlich erstarren:

Wer den Teufel leugnet, kommt in die Hölle.

Wer an ihn glaubt ebenfalls.

Wer sich nicht an Regeln hält,

ist ein Verlierer,

wer nicht mitspielt ebenfalls.

Wer nicht gewinnt, muss leiden.

Wer nicht lebt, macht keine Fehler.

Ich war ein verachtenswerter Verlierer.

Jeder sah das sofort und nannte mich kindisch.

Verzweifelt wollte ich meine Fehlbarkeit überspielen,

doch auf meiner Stirn leuchten die Worte:

‚Eigenlob stinkt' oder ‚ich kann nicht aus meiner

Haut',

und mir geschahen ‚Missgeschicke'.

Anfangs übertrieb ich maßlos,

um andere von Erfolgen zu überzeugen,

die ich selbst nicht glauben konnte,

attackierte wütend jeden Zweifler,

um am Ende mich selbst zu entlarven.

Dann leugnete ich

die Unerträglichkeit meiner Niederlagen,

indem ich den Idioten spielte.

Dem wollte keiner ebenbürtig entgegentreten.

Unsere soziale Schichtengesellschaft sortiert

Menschen wie Objekte,

in ein Wertesystem.

Leistungen, Rechte, Besitz und Anerkennung

bilden den Bezugsrahmen für unsere Selbstachtung,

Auch Kinder behandeln wir als Objekte

und vermitteln ihnen auf diese Weise,

Selbstwert an Objektvorstellungen zu definieren.

Wir verlernen ihnen,

sich und anderen als Subjekt zu begegnen.

Im Herzen wissen alle,

dass niemand Recht oder Unrecht hat,

niemand besser oder schlechter ist,

jeder einmalig ist.

Trotzdem verteidigen wir Objektivität als wertvolles

Gut.

Subjektiv denkende Subjekte glauben an

objektive Werte und Wahrheiten.

Ist das nicht verrückt?

Für mich existierten Vampire objektiv.

Sie waren etwas Eigenes,

vermeintlich von mir Unabhängiges –

wie eine psychosomatische Krankheit.

‚Keiner will sie haben,

aber das Ich macht sie trotzdem.'

Wie bei einer Figur aus Legosteinen

verursachten beschädigte,

zu große oder zu kleine Ich-Teile,

Spannungen und Risse in mir.

Meine Persönlichkeit war instabil und deformiert.

Im Gesamtbild blieben meine verschrobenen

Persönlichkeitsanteile unsichtbar.

Ich wirkte nur etwas seltsam auf andere.

Als Werdender kam ich zur Welt.

Als aufnehmende, lernende, sich anpassende,

arbeitende Existenz.

Nun bin ich geworden,

was ich schon immer war …

Ich wurde ‚Sein‘.

Nina

Nach Karls Rede herrscht betretenes Schweigen.

Nina geht zu Karl und umarmt ihn innig. Sie strahlt etwas aus, das den Platz unter der Eiche zu erhellen scheint. Vielleicht ein Licht aus einer anderen Dimension, das in der dreidimensionalen Welt keine Quelle hat? Vielleicht sind nur die Augen der Anwesenden empfindlicher geworden? Die Zuhörer können das Phänomen nicht einordnen. Sie spüren ihre Nähe und Präsenz, obwohl sich nichts verändert hat.

Das nun Kommende lässt sich mit Worten nicht beschreiben, da es nicht Kommunikation, sondern Teilhabe ist. Die Wahrnehmung des Publikums diffundiert in eine zusätzliche Ebene außerhalb des dreidimensionalen Raums. Wahrscheinlich ergeht es so einem zweidimensionalen Wesen, wenn plötzlich seine Wahrnehmung um die dritte Dimension erweitert wird. Nina sagt: „Jetzt könnt ihr erkennen, dass alles mit allem verbunden, ja sogar verschränkt ist. Doch was lenkt und bestimmt die verbundene Welt? Was wird in die

Existenz, in die Form gehoben und welche Rolle spielen wir dabei? Der geformte und ungeformte Raum, Zeit und Energie sind abgeleitete Erscheinungen eines höheren Prinzips. Alles kommt aus demselben. Was sein kann, ‚ist‘ irgendwann und irgendwo. Aufmerksamkeit und Erkenntnis ermächtigen uns, aus Möglichkeiten zu wählen, was sein soll. Aufmerksamkeit und Erkenntnis machen uns zu Bestimmern und schenken uns Freiheit. Die Freiheit gibt Macht und die Macht erweitert die Freiheit. Unsere Gegenspieler sind Ablenker und Lügenerzähler. Sie versuchen, unsere Aufmerksamkeit in die Vergangenheit oder Zukunft, also in das nicht mehr oder noch nicht Existierende und damit ins Leere zu lenken. Sie verwässern und verbiegen Wahrheit durch falsche Behauptungen und Urteile, also durch Illusionen. Diese Gegenspieler oder Einflüsterer sind nicht nur im Außen zu finden. Sie behaupten, dass wir leiden werden oder Schaden nehmen, wenn wir nicht unsere alten Verhaltensmuster und Glaubenssätze beachten. Meist sind ihre Ratschläge aus Kinderzeiten oder aus speziellen Lebenslagen, die nicht zwangsläufig auf die aktuelle Situation passen. Missachten wir jedoch die Einflüsterungen, sabotieren sie unsere

Entscheidungen, lassen uns schlechtes Gewissen und Schuld fühlen, lassen innere Kämpfe und Gefühlschaos entflammen.

Stell dir vor, eine Fee oder eine Zeitmaschine würde dich in die Kinderzeit zurückversetzen und du begegnetest dir selbst als Kind. Würdest du die Ratschläge und Verhaltensmuster des Kindes annehmen? Wohl kaum, du würdest eher dem Kind Ratschläge erteilen, immerhin kennst du die Zukunft. Du würdest berichten, was es anders machen und was es besser lassen sollte. Doch das Kind würde dir weder glauben noch dich verstehen. Stattdessen würde es dich genau beobachten, um herauszufinden wer es später einmal sein wird, was ihm wichtig sein wird, was ihm Spaß machen und wie glücklich es sein wird. Rede mit deinem Kind auf Augenhöhe. Zeige Mitgefühl und Liebe. Sei ihm ein guter Freund und belehre es nicht, dann gibt es keinen inneren Kampf und keine Selbstsabotage, sondern Vertrauen und gegenseitiges Verständnis."

Wach auf!

Wilhelm

WWWWWWWWWWWWWWWWWWWWWWWW
WWWWWWWWWWWWWWWWWWWWWWWW
WWWWWWWWWWach aufffffffffffffffffffffffffffffffffffffffff
ffffffffffffffffffffffffffffffffffffffffffffffffffffffffffffffffffffffffffffffff
ffffffffffffffffffffffffffffffffffffffffffffffffffffffffffffffffffffffffffffffff

Wilhelm kommt hinzu und Nina lächelt ihn an: „Was hast du gesagt?" „Nichts", erwidert Wilhelm. Das Publikum schaut erwartungsvoll. Jemand ruft aus der letzten Reihe: „Ich habe auch was gehört!" Die Anwesenden murmeln leise.

Ein Windhauch weht über den Platz, als ob jemand eine Tür geöffnet hätte. „Nein!", ruft Wilhelm. „Ich bin keine Romanfigur! Ich will nicht verschwinden!"

„Niemand wird verschwinden", sagt Nina. „Auch Romanfiguren haben eine Existenzebene. Alles wechselt Form und Dimension, aber alles bleibt im Sein. Wir sind wie unsere Geschichten für immer im Universum. Jeder Mensch ist unter anderem eine Geschichte mit der Aufgabe, der Existenzebene etwas Neues hinzufügen. Irgendwann wechseln wir die Ebene, erwachen und fügen auch dieser neuen Ebene etwas hinzu."

Es duftet nach Rosen, gemischt mit einem seltsamen Gewürz. Wilhelm überlegt: Wo kommt das her?
Ich will jetzt noch nicht aussteigen, ich will diese, meine Geschichte zum Ende bringen. Er spürt Angst. Angst, dass nun alles vorbei sein könnte und er an einem unbekannten Ort erwachen könnte.
Dieses schräge, aber auch faszinierende Leben soll weitergehen. Es ist noch lange nicht genug, da soll noch viel mehr kommen! Ich muss nur meine dummen Programmierungen loslassen und zuhören! Dem Narrator zuhören, dem Leben zuhören. Aufmerksamkeit! Warum kann ich meine Aufmerksamkeit nicht halten?

Mit lauter Stimme schmettert Wilhelm ins Publikum, als ob er sich auf diese Weise vom Tod ablenken oder ihm entrinnen könnte: „Jetzt erzähle ich euch eine Geschichte! Eine Geschichte, die mir meine Frau Susanne erzählt hat:

Es war einmal ein alter Mann, der lebte in einer kleinen Stadt irgendwo in Europa. Seine Frau starb einige Jahre zuvor, die gemeinsamen Kinder, lange schon aus dem Haus, hatten selber Familien. Sein Leben war gut und reichhaltig. Er hatte, was er brauchte, und musste sich keine Sorgen machen.

Eines Tages klingelte der Tod an seiner Tür. Im ersten Moment erschrak der Alte, doch schon bald stellte sich ein friedliches, fast erleichtertes Gefühl bei ihm ein und er bat den Tod herein. Der Sensenmann sprach: ‚Es freut mich, dass du so freundlich mich empfängst. Nicht oft erleb ich das.'

‚Ach', antwortete der alte Mann, ‚ich hatte ein angenehmes, schönes Leben. Nicht aufregend, aber alles lief gut und weitgehend reibungslost. Eine wunderbare Frau liebte mich, meine Kinder haben ein gütiges Herz und sind erfolgreich, ich habe Freunde, bin viel gereist, lebe in bescheidenem Luxus und war nie schwer krank. Was soll ich noch vom Leben erwarten? Es ist Zeit, zu gehen, obwohl es natürlich auch noch lange so weitergehen könnte.'

Der Tod wiegte den Kopf und meint: ‚Für jeden kommt

der Tag des Aufbruchs und es gibt keinen richtigen oder falschen Zeitpunkt. Es ist wie bei einer Schiffsreise auf einem Fluss. Der Eine steigt nach wenigen Stationen aus, der Andere bleibt länger an Bord. Für mich ist die Dauer eines Lebens bedeutungslos. Mich interessiert viel mehr, wie jemand geht. Jeder geht so in den Tod, wie er durch sein Leben gegangen ist. Wer sein Leben abgeleistet hat, dessen Sterben ist auch nur eine Formalität: Die Organe stellen die Funktion und der Geist die Gedanken ein. Das war's! Wer aber sein Leben aktiv gestaltet hat, der wird auch sein Sterben gestalten.' Der Tod beugte sich nach vorne und fragte: ‚Möchtest du etwas mit deinem Sterben zum Ausdruck bringen? Willst du deinem Tod einen Sinn geben?'

Der alte Mann war überrascht: ‚Darüber habe ich noch nie nachgedacht. Darf ich das denn?' Der Tod lachte: ‚Wer sollte dir das verbieten? Welche Konsequenzen drohen dir?'

Nach einer längeren Pause antwortete der alte Mann: ‚Ich habe viel gearbeitet und viel erlebt, aber ich bedaure, dass ich nie etwas wirklich Kreatives, etwas

182

Einmaliges geschaffen habe. Könnte ich das jetzt nachholen?'

‚So sei es! Sei Schöpfer deines Sterbens!', sagte der Tod in theatralischem Tonfall und machte mit der Sense eine elegante Bewegung in der Luft.

Der alte Mann schaute hilflos mit den Achseln zuckend um sich. ‚Was soll ich jetzt machen?' ‚Nun', sagte der Tod, ‚drücke die Geschichte, die Essenz, das Motto, den Sinn deines Lebens in einer Weise aus, die alles beinhaltet, was du warst, bist und wie du gelebt hast. Du hast dein Leben erschaffen. Nun zeige mir deine Schöpfung.'

Der alte Mann fiel in langes, langes Schweigen und Tränen kullerten über seine Wangen. Manchmal zuckte er, als ob er Schmerzen hätte, bis sich plötzlich sein Blick klärte. Er schaute den Tod an und begann, zu summen. Zuerst ganz leise einen gleichmäßigen langen Ton. Weitere Töne gesellten sich hinzu und manch ungewöhnlicher Laut wagte sich aus seinem Versteck. Unvermittelt sammelten sich die Töne zu wunderbaren überirdisch anmutenden Harmonien, um dann wieder in schräge, geradezu unpassende Disharmonien zu zerfließen. Zischlaute und Obertöne bereicherten gelegentlich das Klanggebilde oder erschreckten den Zuhörer. Bald schwollen die märchenhaften Tonfolgen zu fordernden, reißenden Fluten an, um kurz darauf kraftlos in zartem Hauchen oder leisem Klagen liebevoll zu versinken. Die Empfindungen, Höhen und Tiefen, Ängste, Hoffnungen, das ganze Leben des alten Mannes entfalteten sich in diesen Lauten, während seine weinenden Augen wie Sterne erstrahlten. Mit dem letzten Atemzug, einem tiefen Seufzer, entließ er die geheilte Seele in die Freiheit. Seine Schöpfung war vollbracht."

Wilhelm steht mit Tränen vor dem Publikum. Wach auf, Schöpfer deines Lebens!

Heimkehr

Nina, Karl und Wilhelm beschließen noch am Abend, in ihre früheren Umgebungen zurückzukehren und ihre bisherigen Leben wieder aufzunehmen. Wunderbare Menschen haben sie zurückgelassen, wunderbare Lebensgeschichten wollen weitererzählt werden. Natürlich werden sie niemals voneinander getrennt sein. Sie sind ein Name, ein Wesen, ein Sein. Es gibt keinen Abschied, es gibt nur den Wechsel der Räume und Perspektiven.

Drei Taxis werden bestellt. Wilhelm fährt zu Susanne, seiner Frau, Nina zu ihrem Freund Thomas und Karl kehrt in die Gaststätte zu Klara und den Wirtsleuten zurück. Alle drei sind nachdenklich. Was wird sie erwarten? Immerhin waren sie vier Tage verschwunden. Vielleicht wurde schon die Polizei eingeschaltet?

Als Wilhelm vor seinem Haus aussteigt, kommen ihm Garten, Gebäude und Umgebung fremd vor. Als ob er nicht heimkommen, sondern einen Freund besuchen würde. Es würde ihn nicht einmal wundern, wenn eine fremde Person, vielleicht jemand der ihm ähnlichsieht, die Tür öffnen würde.

Nach dem Klingeln dauert es geraume Zeit, bis Schlüsselklappern zu hören ist. Die Tür schwingt auf und eine wunderschöne Frau steht vor ihm. Sein Herz durchfährt ein Stich. Im Kopf ruft eine Stimme aufgeregt: „Das ist Susanne!" Er kann sein Glück kaum fassen. Dieses wunderbare Wesen ist seine Frau? Sie fallen sich um den Hals und küssen sich. Susanne flüstert: „Entschuldige bitte, dass ich so lange bei meiner Freundin war. Mir ist jetzt klar geworden, wie sehr ich dich liebe. Als ich zurückkam und du nicht hier warst, dachte ich, ich hätte dich für immer verloren." Er küsst sie noch leidenschaftlicher und flüstert: „Susanne, auch ich habe erkannt, wie sehr ich dich liebe. Wollen wir neu beginnen?" Eng umschlungen stolpern sie in die Wohnung, reißen sich gegenseitig die Kleider vom Leib und können sich gerade noch auf die Wohnzimmercouch retten, bevor sie in Verlangen und Lust ertrinken. Am nächsten Morgen, noch immer im Taumel der Leidenschaft, fragt Susanne: „Was hast du gemacht, als ich fort war? Du bist so anders, so war es noch nie mit dir." Im selben

Atemzug erstarrt ihr Gesicht und die Haut wird blass. Ihr kommt erstmals in den Sinn, dass etwas Gewichtiges vorgefallen sein könnte. Wilhelm will reflexartig sagen: „Och, nichts Besonderes." Doch Erinnerungen an das Hologramm tauchen vor seinem geistigen Auge auf und er spürt eine tiefe Abscheu, Theater zu spielen. Diese Reaktion überrascht ihn selbst. Früher hätte er nach dem Motto „Was ich nicht weiß, macht mich nicht heiß" es für das Beste gehalten, nichts von Nina zu erzählen. Susanne wäre nicht verletzt und er hätte keinen Ärger. Sein schlechtes Gewissen würde sich auch bald beruhigen. Warum also schlafende Hunde wecken? Warum ist er nun bereit, die Beziehung in Gefahr zu bringen? Die Vorstellung, Susanne einen braven und treuen Partner vorzuspielen, kommt ihm plötzlich erbärmlich vor. Warum soll er nicht zu seiner wahren Persönlichkeit, zu seinem wahren Handeln stehen? Was man gerne wäre oder was andere gerne hätten, vorzugaukeln, vermeidet Probleme nicht wirklich. Ein erfundenes oder an fremde Erwartung angepasstes Leben zu spielen, würde ihn immer tiefer in Verstrickungen treiben. Schauspieler, die eine Figur perfekt spielen, werden sehr bald auf diese Rolle festgelegt. Das Publikum erwartet, verlangt geradezu diese spezielle Figur. Irgendwann glaubt der Schauspieler tatsächlich, diese Person zu sein und verliert seine wahre Identität. Er wird zum Gefangenen der gespielten Figur. Doch mit einer erfundenen Persönlichkeit kann man niemals das eigene, das wahre Leben spüren. Erdachte Persönlichkeiten sind leere Hüllen, sie sind emotionslos und innerlich leer. Wilhelm beschließt, sich selbst treu zu bleiben, und erzählt, ungeachtet möglicher Konsequenzen, wahrheitsgemäß seine Erlebnisse. Auch die mit Nina.

Susanne ist tief getroffen. „Du hast mich also mit dieser Schlampe betrogen?" Die Begegnung mit dem Narrator, seine Erkenntnisse, das Hologramm interessieren nicht. „Damit du es weißt, ich hatte auch eine heiße Nacht!" Weinend stürmt sie aus dem Zimmer. Wilhelm folgt ihr. „Das ändert nichts an meiner Liebe! Ich wünsche mir so sehr, mein Leben mit dir zu verbringen." Susanne schaut ihn mit verweinten Augen an: „Und warum betrügst du mich dann? Du hast versprochen, immer nur mich zu lieben!" Wilhelm versucht, sie zu beruhigen: „Liebe ist ein Gefühl und kein Motiv oder Wunsch. Vermischen wir unsere Forderungen und Sehnsüchte mit der Liebe, verunreinigen wir sie. Mein Versprechen, dich zu lieben, habe ich gehalten. Jedoch kann ich nicht versprechen, nicht auch andere Menschen zu lieben. Jede und jeden auf eigene Weise." Susanne sagt mit zittriger Stimme: „Das heißt, du würdest jederzeit wieder fremdgehen? Ich kann mir deiner nicht sicher sein?" Wilhelm antwortet: „Sicherheit ist eine Illusion!"

Susanne bricht erneut in Tränen aus: „Lieber lasse ich mich von einer Illusion blenden, als in ständiger Angst leben zu müssen, dass du mich betrügst. Ja, ich will belogen werden!"

„Aber ich will dich nicht belügen!", erwidert Wilhelm. „Auch nicht, damit du dich besser fühlst. Wenn ich meine Überzeugungen opfere, verderbe ich meine und deine Liebe. Ich verdünne sie mit Besitzansprüchen und Aufopferungsansprüchen, um die Illusion von Sicherheit zu erzeugen. Dann ersetzen wir Liebe durch gegenseitige Kontrolle und Selbsteinschränkung. Ich wünsche mir ein Leben mit dir in der Freiheit, meinem Herzen folgen zu dürfen. Wir müssen uns entscheiden:

Wollen wir unsere Bedürfnisse oder unsere Liebe leben?"

Susanne zieht sich zurück, um darüber nachzudenken. In ihrem Zimmer führt sie Telefonate und taucht erst am Abend in der Küche auf. Wilhelm hat das Abendessen zubereitet und den Tisch gedeckt. Susanne setzt sich: „Gut, dann wollen wir mal ausprobieren, wie das mit den Herzensentscheidungen klappt." Eine Pause entsteht.

„Also", nimmt sie den Faden auf, „also ich habe da jemanden kennengelernt. Ob ich ihn liebe, weiß ich nicht, aber er fasziniert mich. Er ist wahnsinnig nett, zuvorkommend, witzig und zärtlich. Wir haben miteinander geschlafen. Trotzdem habe ich ihm gesagt, dass das eine einmalige Begegnung bleiben soll und wir uns nicht wiedersehen. Doch nachdem, was du sagst, steht einem Wiedersehen nichts im Wege. Es freut dich sicher, wenn ich glückliche Momente mit ihm habe." Susanne schaut forschend in Wilhelms Gesicht, der keine Miene verzieht. „Genieße deinen Herzenswunsch. Ich wünsche mir nur, dass du auch mit mir Zeit verbringst. Ich möchte so viel mit dir gemeinsam erleben", erwidert Wilhelm.

Als das Taxi von Karl beim „Alten Wirt" vorfährt, ist der Gasthof geschlossen. Seltsam, denkt Karl. An einem Freitag? Ungute Ahnungen steigen in ihm auf. Er eilt zum Privateingang und klingelt. Nach anhaltendem Sturmläuten bewegt sich ein Vorhang im Fenster, dann ist das Trappeln kleiner Füße zu hören. Klara reißt die Tür auf und fällt ihm um den Hals. „Karl, endlich bist du da!", ruft sie. „So lange war ich nun auch nicht weg. Ist was passiert?" Klaras Augen werden feucht. „Opa ist tot", flüstert sie. „An dem Tag, an dem du gegangen bist, ging er abends ins Bett und ist nicht mehr aufgewacht. Oma hat es zunächst gar nicht gemerkt. Er hörte irgendwann in der Nacht einfach auf zu atmen." Karl hält Klara noch fester. „Opa kann auf ein langes, erfülltes Leben stolz sein und freut sich nun im Himmel oder auf sein nächstes Leben. Wer weiß das schon? Wir beide und Oma wollen ihm eine gute Reise wünschen, geben ihm unsere schönsten Gedanken, unsere innigsten Wünsche und unsere Dankbarkeit auf den Weg mit." Klara schüttelt es vor Weinen und sie gehen eng umschlungen hinein.

Oma sitzt regungslos in der Gaststube an einem Tisch und vergräbt ihr Gesicht tief in den Händen. „Klara hat mir alles erzählt", sagt Karl. Nach einer gefühlten Ewigkeit kommt Bewegung in den Körper der alten Frau. Sie hebt den Kopf und schaut Karl verwundert an. „Karl", sagt sie, „bist du das?"

„Ja, ich bin's und bin es nicht", antwortet er. Ein Lächeln huscht über das Gesicht der Alten. „Was ist mit dir passiert? Du bist so anders." „Oh", meint Karl, „ich hatte eine Begegnung mit dem Narrator. Das hat mich verändert, besser gesagt, es hat mich zu mir selbst gebracht." Die Frau erhebt sich, als ob sie von einer schweren Last befreit worden wäre, und wendet sich zu ihm: „Soll das heißen, dass du ein normaler Mensch geworden bist?" Nun wird Klara ganz still, lässt Karl los und geht einen Schritt zur Seite. „Keine Ahnung, ob ich normal bin", meint Karl, „aber die Bedrohungsangst und der Verfolgungswahn sind verschwunden. Ich kann nun klare Gedanken fassen und für mich selber sorgen." Klara ruft begeistert: „Ich wusste, dass dich der Narrator heilen wird!" Mit einem Freudenschrei springt sie Karl an, der nur mit Mühe sein Gleichgewicht wiederfindet. Die Alte schwebt auf ihn zu und umarmt beide: „Ich bin so froh und glücklich, dass du deine Selbständigkeit gefunden hast. Ich werde nicht mehr lange leben und wer hätte dann für euch sorgen sollen?" Karl antwortet mit einem Lächeln: „Ich werde mich um Klara und um dich kümmern."

Karl hat nicht übertrieben. Mit wachem Verstand eignet er sich an, was man im alltäglichen Leben braucht. Klara erklärt ihm den Umgang mit PC und Handy, von der alten Wirtin lernt er den Gaststättenbetrieb und die Steuererklärung. Was ihm unverständlich erscheint, recherchiert er im Internet oder in Büchern. Es sind anstrengende, arbeitsintensive Zeiten für Karl, aber er fühlt sich stark und zuversichtlich. Die Aufgaben lassen die Trauer zurücktreten und werfen die drei in den Lebensfluss zurück.

Nina lässt das Taxi zwei Kilometer vor ihrer Wohnung stoppen. Sie will ein Stück zu Fuß gehen. Thomas wird bereits sehnsüchtig auf sie warten. Sie lieben sich so sehr, doch irgendwas stimmt nicht. Als sie damals die Höhle aufsuchte, wollte sie diesem Gefühl auf den Grund gehen. Eine Wahrsagerin, die Nina auf einer Esoterikmesse befragte, beschrieb ihr den Weg zu der Höhle, die ein ehemaliger Ritualplatz der Kelten sei. Dort solle sie nach Antworten suchen.

Zwischenzeitlich ist vieles vorgefallen und vieles ist klarer geworden. Dennoch kann sich Nina immer noch keinen Reim auf ihre Gefühle zu Thomas machen. Er liebt sie abgöttisch, ist zuvorkommend, zärtlich, verständnisvoll und macht ihr keine Vorschriften. Ein geradezu perfekter Partner. Was hindert sie, ihr Glück anzunehmen? Braucht sie Zweifel, Sorgen und Streit? Braucht sie Gegensätze, um sich zwischen Selbstsicherheit und Angst, zwischen Mangel und Zufriedenheit finden zu können? Seit sie dem Narrator begegnet ist, sucht sie Lebenssinn nicht mehr in Emotionen. Geliebt und geachtet werden oder selbst jemanden lieben, ist nicht mehr das Wichtigste. Das ist für Kinder zentrales Thema. Für Nina ist es viel wichtiger, ihre Fähigkeiten und Potenziale auszuschöpfen, ihre Individualität und Persönlichkeit in den Ausdruck zu bringen. Unabhängig davon, ob sie geliebt und gefeiert oder gehasst und gemieden wird. Ihr Leben ist nicht schön, weil andere zu ihr freundlich sind, sie loben und ihr Freiheiten zugestehen. Ihr Leben ist schön, weil sie zu sich selber freundlich ist, sich Stimmungen anderer nicht zu eigenen macht und sich selbst die Erlaubnis zum Glücklichsein erteilt. Man kann in Beziehungen und sozialen Gefügen glücklich sein, ohne von anderen Personen emotional und gedanklich abhängig zu sein, ohne sich dem Beziehungssystem unterzuordnen. Von den Eltern lernt man sowas nicht. Erziehung beinhaltet, dass das Kind die Vorstellungen der Eltern annimmt und sich einfügt, dass sich das Kind durch Anerkennung und Zuneigung belohnt fühlt, Kritik und Nichtbeachtung als Strafe empfindet. Unabhängigkeit, auch emotionale Unabhängigkeit, muss sich jeder im Erwachsenenalter selber beibringen.

Während Nina ihrem Zuhause näher kommt, spürt sie zunehmend Schmetterlinge im Bauch. Ihre anfängliche Aufregung verwandelt sich in glückliche, gespannte Erwartung und in das Bedürfnis, sich der Liebe vollkommen hinzugeben. Aufmerksam beobachtet sie die Veränderung ihres Gefühlszustands. Auch die inneren Wächter beobachtet sie, die warnen, dass es eine Enttäuschung geben könnte. Wird er sie noch lieben? Wird er beleidigt sein und ihr Vorwürfe machen? Wird er die Beziehung beenden, wenn er von ihrer Affäre mit Wilhelm erfährt, oder …

„Komm zurück!", rief sie in den Wald. Sie hatte das Gefühl, dass Thomas ihr die Luft zum Atmen nahm. Sie waren in ihrer gegenseitigen Liebe gefangen. Die Unbeschwertheit ging verloren. Jetzt erkennt sie, dass ihre eigenen und gegenseitigen Erwartungen, Wünsche, Pflichten und Forderungen die Freiheit verschüttet haben. Möglichkeiten und Talente konnte sie unter ihrem Pflichtenberg nicht mehr spüren. Nicht Thomas, sondern ihre Interpretationen und selbst auferlegten Forderungen machten sie unfrei.

Zum Sein

Wach auf! Wach auf! Etwas zerrt und rüttelt an Wilhelm. Was? Was ist? Schmerz, stechende, unerträgliche Schmerzen brechen wie Meeresbrandung in sein Bewusstsein und treiben ihn fast in die Ohnmacht zurück. Vorsichtig öffnet er die verklebten Augen einen winzigen Spalt. Grelles Weiß schmerzt in den Augäpfeln. Als sein Blick etwas aufklart, sieht er eine weiße Fläche über sich. Er liegt in einem weißen Raum in einem weißen Bett. Scheinbar allein … Stille …

Habe ich geträumt? Hatte ich einen Unfall? Woher kommt der Schmerz? Wo bin ich? Wilhelm durchforstet sein Gedächtnis, doch trotz größter Anstrengung findet er keinen Hinweis, was passiert sein könnte. Das Letzte, an das er sich erinnern kann, ist das Abendessen mit Susanne. Sie eröffnete ihm, dass sie einen Liebhaber habe. Nach ein paar Gläsern Wein und langen Gesprächen gingen sie zu Bett … Das gibt's doch nicht! War alles nur Traum? War das Gespräch mit Susanne ein Traum, waren seine Erinnerungen Träume? Gibt es Susanne, Nina und Karl überhaupt?

Die Tür öffnet sich und Karl kommt herein. „Ich habe dir doch gesagt, dass alle Vampire sind!", schleudert er ihm entgegen und grinst einfältig. „Jetzt haben sie dich erwischt!" Wilhelm will sich aufsetzen, doch der Schmerz lässt keine Bewegung zu. Er ist starr wie Stein. Jeder Versuch einer Bewegung erzeugt noch größeren Schmerz, aber nichts passiert. Er kann nur geradeaus nach oben starren. Er versucht, zu schreien … Aus seinem steifen kalten Mund kommt kein Laut. Da schießt ihm ein Gedanke wie heiße Lava durch den Kopf: Ist er tot? Ist er eine Leiche, bei der nur noch die Gedanken funktionieren? Eiskalte Schauer jagen durch den Körper. Wieder öffnet sich die Tür. Susanne und Nina kommen händchenhaltend herein, gefolgt von Brahma, dem Höhlenforscher. Die beiden Frauen knutschen mit Brahma hingebungsvoll und eng umschlungen. Dann sagt Susanne befreit lachend: „Das ist unser neuer Liebhaber." Aus den Mundwinkeln der Frauen blitzen Eckzähne. Auch Brahma scheint Vampirzähne zu haben. Nina sagt vorwurfsvoll: „Hättest du nicht so viel gefragt und deine Rolle ordnungsgemäß gespielt, wäre das nicht passiert. Du blöder Hund! Jetzt müssen wir dich töten!" Wilhelm denkt: Das ist doch Wahnsinn!

Das kann einfach nicht sein! Aber warum kann ich mich nicht bewegen? Brahma beugt sich über Wilhelm und flüstert: „Wach auf!"

Da ist es wieder! Schlafe ich immer noch? Woran erkenne ich, dass ich wach bin?

Wilhelm erwacht in seinem Bett. Schweißgebadet, aber unendlich froh, dass er sich nun in dem Bett befindet, in das er sich gemäß seiner Erinnerung gelegt hatte. Der Schmerz ist weg und er kann sich normal bewegen. Mit einem tiefen Seufzer der Erleichterung steht er auf, um ein Glas Wasser zu holen. In der Küche steigen erneut Ängste in ihm hoch. Alles scheint normal, doch die Möglichkeit, immer noch zu schlafen, immer noch zu träumen, der Gedanke, dass er als jemand ganz anderer erwachen könnte, versetzt ihn regelrecht in Panik. Ich will nicht noch mal aufwachen! Womöglich in den Tod erwachen? Bin ich bereits gestorben? Bitte, Narrator, lass die Geschichte von Wilhelm meine echte Geschichte sein. Dessen Leben ist genug Glück für mich. Was willst du noch von mir, Narrator?

Er hört die Stimme: „Du bist noch nicht angekommen. Bevor du endgültig aufwachst, musst du bereit sein, deine Träume loszulassen. Sei bereit, zu der Person zurückzukehren, die du wirklich bist."

Wilhelm ruft: „Aber wer bin ich denn?" Die Stimme antwortet: „Das erkennst du, wenn du die Persönlichkeit, die du bisher gespielt hast, hinter dir lässt. Lass Wilhelm sterben, dann kommt dein wahres Ich zum Vorschein." Wilhelm setzt sich auf einen Stuhl. „Bitte hilf mir! Ich kann nicht aufhören, ich zu sein. Wie soll das gehen?"

Um Wilhelm wird das Licht schwächer, oder werden seine Augen schlechter? Mehr Licht! Ich brauche mehr Licht! Die Geräusche um ihn herum verschwinden. Totenstille … Seine Hände verschwimmen vor den Augen und der Tastsinn scheint zu schwinden. Das Taubheitsgefühl erfasst auch die Füße. Langsam, ganz langsam breitet sich diese Wahrnehmungslücke von den Fingerspitzen und den Zehenspitzen beginnend, an Armen und Beinen bis zum Rumpf aus. Sein Körperempfinden, sein ganzer Körper scheint sich aufzulösen.

Zunehmend umfängt ihn Dunkelheit und er kann nicht erkennen, was mit ihm und um ihn geschieht. Panische Angst schnürt Lunge und Herz ein. Wilhe spürt nicht mehr, ob er noch sitzt oder am Boden liegt. Er spürt keinen Boden unter den Füßen, kein Oben und kein Unten. Wil verflüchtigt sich, wie Trockeneis. Was bleibt, wenn der Körper verschwindet?

W…………………

„Ich bin", sagt die Stimme. „Ich bin auch das, was Wilhelm war, ist und sein wird. Er existiert zeitlos, formlos, raumlos, ohne getrennt zu sein, in mir."

Gedanken

Wollen Sie, liebe Leserin, lieber Leser, Wilhelm wieder auf die Welt bringen? Ist seine Schöpferin oder sein Schöpfer doch noch nicht wach? Was heißt „erwachen"? Was muss sterben, wenn wir erwachen? Entpuppt sich unsere derzeitige Narration als Traum und weicht einer anderen? Sind Menschen, die erwachen, die sogar Erleuchtung erlangen, nicht nur in einer neuen Rolle gefangen? Wie echt oder unecht kann unser Leben, unsere Existenz überhaupt sein?

In unserer Lebenszeit werden wir das Träumen nie lassen, aber wir können diesen Zustand bewusst machen und Einfluss nehmen … Sache des Narrators ist es, zu bestimmen, wohin letztlich unsere geträumte Existenz führt. Selbst werden wir unseren Lebensweg niemals wirklich lenken. Aber unsere Stimmungen, unsere Sichtweisen, unsere Urteile und die Erkenntnistiefe über unser Träumen bestimmen, wie angenehm oder beschwerlich der Weg erscheint. Wir legen die Warte oder den Winkel, aus dem wir unser Leben und die Welt betrachten, selbst fest.

Spielende Kinder nehmen manchmal große Anstrengungen und Mühen auf sich. Ist Spielen für sie deshalb mühsam und qualvoll? Dann würden es die Kinder nicht tun. Sich anstrengen und an Grenzen gehen, ohne innere Widerstände, ohne darüber nachzudenken, ob es sich lohnt, macht glücklich. Wir sollten unser Leben nicht so ernst nehmen. Wir sind träumende Spieler. Unser Sein lebt mit und in diesen Lebensgeschichten. Geschichten, die uns Veränderungen und Transformationen erfahren lassen.

Doch egal, was gespielt wird, was passiert, das Sein bleibt, was es ist: unzerstörbar, unantastbar, unsterblich. Es umfasst alle Existenzen, alle Möglichkeiten, alle Geschichten und noch viel mehr.

Der Autor

Bernd Strohmeyer *1961, lebt in Bernau am Chiemsee und hat seine Bankkarriere zum fünfzigsten Lebensjahr zugunsten der Psychotherapie beendet. In seinem neuen Lebensabschnitt arbeitet er mit Hypnose, humanistischen und systemischen Therapiemethoden und ist Autor zahlreicher Märchen und Kurzgeschichten mit psychologischem Hintergrund.

Besuchen Sie auch: www.bernd-strohmeyer.com

Buchempfehlungen:

Der verborgene Tempel: Eine Innenreise von der Spaltung zur Einheit

„Je mehr wir uns verhüllen, desto größer wird unser Schatten."

Zum Miterfahren und Miterleben lädt dieses außergewöhnliche Buch ein, zur Teilnahme an einer Reise, bei der sich reiche Erkenntnisse gewinnen lassen. Was hindert Menschen an einem erfüllten Leben? Was erzeugt Selbstwertprobleme, Konflikte und Krisen? Drei verschiedene Wege führen zum „verborgenen Tempel" und so zur Überwindung der inneren und äußeren Spaltung und zur Harmonie mit sich selbst und der Welt. Der erste Weg ist eine Lebensgeschichte: Sowohl realistisch als auch symbolisch geht sie durch dramatische Wendungen, wobei sie der Leserin oder dem Leser Spielraum lässt, sich selbst in ihr zu finden. Es ist die Geschichte von einem, der in einer anderen Welt mit zerstörerischen Kräften konfrontiert ist und auf die Erde kommt, um zu lernen. Der zweite Weg sind beeindruckende Bilder von Marah Strohmeyer-Haider, die anregen, sich sinnlich mit den Fragen des Daseins auseinanderzusetzen. Schließlich dokumentiert ein Tagebuch die Stufen, auf denen der suchende Mensch immer bewusster wird, bis er so weit ist, dass er sich mit sich versöhnt. Dieser Bericht bringt psychotherapeutische und systemische Ansätze ein, fasst die Erfahrungen der Lebensreise zusammen und erklärt die Hintergründe spirituell.

So kann das Buch helfen, sich in der Welt zu orientieren. Lösungen werden möglich, um in Selbstbestimmung und Liebe zu leben. Es wird deutlich, wie nahe die Einheit liegt.

Gebundene Ausgabe: 128 Seiten
Verlag: Books on Demand; 1. Auflage (2. Februar 2017)
Sprache: Deutsch
ISBN-10: 374317832X
ISBN-13: 978-3743178328

Zusammenspiel: Eine karmische Reise

 Es beginnt scheinbar damit, dass der Schlachthofarbeiter Helfried von einem Tag auf den anderen seinen Beruf aufgibt. Er kann sich dies selbst nicht erklären und will herausfinden, was mit seinem Leben los ist. Seine Suche führt ihn mit einer Gefährtin auf einem abenteuerlichen Weg nach Tibet, wo er durch die Begegnung mit einem Mönch Klarheit gewinnt, und er erfährt eine befreiende Verwandlung. Die Geschichte hat aber schon viel früher begonnen, in einem Bauernhaus, bei einem jungen Paar, vor langer Zeit, und reicht wohl noch weiter zurück ... Immer wieder handeln Menschen nach unbewussten Mustern so, dass sie und andere unter den unglücklichen Folgen zu leiden haben. Solche Verhaltensweisen zu erkennen und über sie hinauszuwachsen, das gelingt Helfried auf seiner Reise, indem er sich selbst durch andere Menschen und deren Lebensgeschichten wahrnimmt. Gleichermaßen kann dieses Buch diejenigen, die es wie ein Mandala, ein Meditationsbild lesen, nachdenklich machen, dazu ermutigen, lebenswichtige Fragen zu stellen, und zu hilfreichen Antworten inspirieren.

Taschenbuch: 88 Seiten
Verlag: Books on Demand; 1. Auflage (20. März 2017)
Sprache: Deutsch
ISBN-10: 3743187736
ISBN-13: 978-3743187733

Torwege in die Freiheit –Wahrheiten märchenhaft erzählt

Es ist für das Leben wichtig, was in diesem Buch erzählt wird. Geschichten und Gedichte, wie sie hier versammelt sind, können nicht nur menschliche Probleme und Konflikte anschaulich machen, sondern ebenso Rat und Lösungen erfahrbar werden lassen. Zusammen mit besonderen Bildwerken weisen die Erzählungen in der symbolischen Sprache der Phantasie, der Märchen und der Fabeln auf Wahrheiten und Möglichkeiten hin. Dabei gehen sie realistisch auf vorhandene Arten des Denkens, Fühlens und Verhaltens ein, um andere Sicht- und Seinsweisen zu verdeutlichen, Tore für selbstbestimmtes Handeln zu öffnen und zu heilsamen Veränderungen zu ermutigen. So empfindet eine Ameise auf einmal Einsamkeit und verlässt ihren Bau, um ein Mittel dagegen zu suchen; eine junge Frau sieht auf einem abenteuerlichen Weg ihrer Angst ins Auge und entschließt sich, eine freie Persönlichkeit zu werden; ein Wassertropfen erlebt, wie sich das Dasein verwandelt und erneuert – all dies ist mit überraschenden Wendungen spannend und poetisch erzählt.

Das Buch möchte Lebensweisheit schenken, damit wir immer besser begreifen, wer wir sind und was wir brauchen.

Gebundene Ausgabe: 140 Seiten,
Verlag: Books on Demand; **Auflage:** 3 (29. August 2017)
Sprache: Deutsch
ISBN-10: 3744887103
ISBN-13: 978-3744887106

Doorways to Freedom: Truths Fantastically Told (Englisch)

This book This book tells you about issues that are crucial to life. The stories and poems collected here not only illustrate typical human problems and conflicts - they also provide a basis for getting advice and finding solutions. Along with the exceptional graphics, these narratives - which are couched in the symbolic language of the fantastical imagination, of fable and fairy tale - point you in the direction of truths and possibilities. They take a thoroughly realistic view of habitual patterns of thinking, feeling and behavior, with the aim of illustrating different ways of looking at things, different ways of being, opening up doorways to self-determination and encouraging readers to bring about healing changes in their lives. So an ant, for example, suddenly experiences loneliness, and leaves its nest to look for a remedy, a young woman bound on an adventurous journey faces up to her fears, and decides to become a free person; a water droplet experiences how its existence is transformed and renewed - all this with lots of surprising twists and turns, told in exciting and poetic style. This book offers the gift of life wisdom, so that we can come to a better understanding of who we are and what we need. tells you about issues that are crucial to life. The stories and poems collected here not only illustrate typical human problems and conflicts - they also provide a basis for getting advice and finding solutions. Along with the exceptional graphics, these narratives - which are couched in the symbolic language of the fantastical imagination, of fable and fairy tale - point you in the direction of truths and possibilities. They take a thoroughly realistic view of habitual patterns of thinking, feeling and behavior, with the aim of illustrating different ways of looking at things, different ways of being, opening up doorways to self-determination and encouraging readers to bring about healing changes in their lives. So an ant, for example, suddenly experiences loneliness, and leaves its nest to look for a remedy, a young woman bound on an adventurous journey faces up to her fears, and decides to become a free person; a water droplet experiences how its existence is transformed and renewed - all this with lots of surprising twists and turns, told in exciting and poetic style. This book offers the gift of life wisdom, so that we can come to a better understanding of who we are and what we need.

Verlag: Books on Demand; Auflage: 1 (27. September 2018) **Sprache:** Englisch
ISBN-10: 3748107366
ISBN-13: 978-3748107361

Die Erinnerung: Roman (Deutsch) Taschenbuch

Die Erinnerung formt die Persönlichkeit. Sie kann mit Altem belasten und zu Neuem befähigen. Rahmid, der hohes Risiko im Leben braucht und eine wüste Vergangenheit hat, verliert seine Erinnerung mit einem Schlag. Er war als typischer moderner Mensch von einer religiösen Gemeinschaft ausgewählt, die krisenhaft veränderte Erde retten zu helfen. Die Mission verlief nicht wie erwartet. Doch jetzt ist er frei, hat eingefahrene Denkweisen und Vorurteile hinter sich gelassen. Zwar fehlen ihm auch Erfahrungen und Beziehungen, aber er sieht die Welt neu und bewusster. Mit den inzwischen gewonnenen Einsichten will er Rat geben. Dabei versuchen er und die trotz Verlustängsten willensstarke Christa zu klären, wie Liebe glücken kann - während beide in immer wieder dramatischem Geschehen um ihr Leben zu kämpfen haben ...

Denn das Leben auf der Erde leidet unter menschlicher Gewalt, Selbstüberschätzung und Ungerechtigkeit. "Im Streben nach persönlichem Glück sehen wir immer nur uns, wir
sehen, was uns fehlt und was für uns präsent ist. Für die eigentlichen Grundlagen unserer Existenz sind wir blind."
Deshalb ist es notwendig, sehen zu lernen und Verantwortung zu übernehmen.

Rahmid, Christa und einige, denen sie auf ihren Wegen begegnen, lernen aus verschiedenen Wirklichkeiten und bei-
spielhaften Geschichten, in denen Erkenntnisse aufblitzen
und die motivierende Botschaft zu finden ist: "Was wir zum
Überleben brauchen, ist bereits in uns: Mitgefühl, Weisheit
und Bewusstsein."

Taschenbuch: 252 Seiten
Verlag: BoD - Books on Demand GmbH; Auflage: 2 (18.
Juni 2018) **Sprache:** Deutsch
ISBN-10: 3752832339
ISBN-13: 978-3752832334